여왕의

모자 🌹

요양병원 간호일기 25시

벗겨지다

여왕의 모자 벗겨지다

1판 1쇄 발행 | 2018년 4월 20일

지은이 | 이영우
발행인 | 이선우
펴낸곳 | 도서출판 선우미디어

등록 | 1997. 8. 7 제305-2014-000020
02643 서울시 동대문구 장한로12길 40, 101동 203호.
☎ 2272-3351, 3352 팩스: 2272-5540
sunwoome@hanmail.net
Printed in Korea ⓒ 2018. 이영우

값 12,000원

※ 잘못된 책은 바꿔 드립니다.
※ 저자와의 협의하여 인지 생략합니다.

이 도서의 국립중앙도서관 출판예정도서목록(CIP)은 서지정보유통지원시스템
홈페이지(http://seoji.nl.go.kr)와 국가자료공동목록시스템(http://www.nl.go.kr/kolisnet)에서
이용하실 수 있습니다.(CIP제어번호: CIP2018011924)

ISBN 978-89-5658-569-7 03810
ISBN 978-89-5658-570-3 05810(E-PUB)

여왕의 모자
벗겨지다

영원한 그림이기 25시

이영우 에세이

선우미디어

서문

예측하기 어려운 사회의 격랑을 바라보며
문인은 시대의 슬픔을 대신 울어주는 존재다.
어떤 언어로 이 시대를 울어야 할지
곡비哭婢는 망연하다.

문학은 곧 인생이며
평생 풀어나가야 할 대상이다.
영혼을 만나기 위한 순례며
경건한 예배였다.

요즘도 글을 쓰십니까?

지인들로부터 이런 질문을 곧잘 받는다.

우문이다.

문학은 하늘에서 내린 숙제고 내 삶의 도구다.

문학은 내가 선택한 삶의 방법이며 사랑법이다.

늘 순정한 마음으로 문학에 매달린 지

이십여 년을 훌쩍 넘겼다.

아름답고 행복한 일터, 매그너스 병원 출근길

병원 로비에 들어서려니 소파에 앉아 있던 어르신들이

"멋쟁이 간호사님 출근하셔요."

이순을 훌쩍 넘긴 간호사에게 어울리진 않지만

나는 공손히 인사를 올린다.

일을 사랑하고

한 분 한 분 손을 잡아주며 하루를 시작한다.

고운 보랏빛 행복을 매그너스와 함께 하겠다.

늘 넉넉한 미소로 대해주시는

매그너스 이사장님께 머리 숙여 존경의 마음을 전한다.

5병동 동료 간호사들과 직원 모든 분들께

지면을 통해 고마움을 표하며,

영원한 울타리인 가족, 이쁜 두 며느리와

필문학 문우들에게 사랑의 마음을 전한다.

2018년 매그너스 봄언덕에서

이영우

차례

바람에게
말하리

사랑 고백

엘리베이터 문이 열리니 할아버지 할머니 두 분이 다정히 서 계셨다. 할머니 어깨 위에 있던 굵은 손이 슬그머니 제자리로 돌아가고 있다. 목례를 하며 안으로 들어섰다.

"할애비가 연애를 걸어 보려는데, 선생님들이 방해했슴둥 허허허 ….."

"……"

함경도 사투리 할아버지의 멋쩍은 웃음이 침묵을 깼다.

"어르신들은 하던 일 계속-하시고, 선생님들 수고하셔요."

2층에서 내리는 K선생의 너스레에 엘리베이터 안은 웃음과 함께 긴장이 해제되었다.

　오래 전 〈죽어도 좋아〉라는, 노인의 성을 다룬 영화가 화제가 된 일이 있다. 많은 이들이 노인의 성과 사랑에 대하여 편견을 갖고 있다. 나이 들어 힘이 없고 삶의 능력이 떨어진다고 인간의 감정까지 소멸되는 것은 아니다. 사랑은 청춘의 전유물이 아니다. 노인의 연애 감정도 젊은이와 다를 것이 없다. 꺼져가는 등걸불 같은 노인의 사랑을 통해 따스함을 생각해 본다.

　간호사실 전화기가 요란스럽게 울렸다.
　"입원하신 김○○씨가 저희 아버님인데요. 갑자기 양복 한 벌과 꽃을 사오라 하십니다. 병원에 무슨 행사라도 있나요?"
　할아버지에게 여자 친구가 생긴 것이다. 사랑 고백에 꽃과 양복이 필요했다. 뇌경색증인 할아버지는 양손으로 워커를 잡고 걷는다. 꽃을 어느 손에 들어야 할지 알 수 없다. 젊은이처럼 입에 물고 사랑 고백을 하시려나!　할머닌 뇌졸중으로 편마비가 왔지만 꾸준한 운동과 물리치료로 정상인과 다름없다. 나란히 산책을 하며 '애인 할머니'라고 부른다. 이따금 병원 근처로 외식을 갈 때도 두 분이 함께 다녀오신다. 오늘도 병실 복도에서 손을 꼭 잡은 다정한 연인이다. 로비에서 텔레비전을 보며 서로 눈곱을 떼어주며 그윽하고 사랑스런 모습으로 바라본다. 치료 후, 크루즈여행을 계획하고 계신 할아버지 연세는 여든 셋이다.

축령산에 걸린 초승달의 유혹으로 옥상공원으로 나갔다. 달빛 아래 수묵화 같은 가을이 펼쳐져 있다. 미인도의 아미 같은 달을 보며 깊은 호흡을 한다. 그때였다. 벤치에서 낯익은 음성이 들렸다.

"어저께 야외 공원에서 우리 뽀뽀했잖아요. 오늘 보니 그곳에 CCTV가 있어요. 늙은이들이 주책이라고 손가락질하면 어쩌지요."

나지막한 애인 할머니의 목소리다.

"흉을 봐도 괜찮아, 우린 비록 늙었지만 사랑하잖아요. 세상에는 숨기려 해도 숨길 수 없고, 감추려 해도 감춰지지 않는 세 가지가 있어요. 기침과 가난, 그리고 사랑이랍니다."

내일 당장 이승을 버려도 억울할 일 없는 나이, 노인의 사랑은 조금은 촌스럽지만 진솔하다. 사랑스럽기까지 하다. 많은 사람들이 나잇값을 못한다고 수군거렸다. 병든 노인의 사랑을 믿으려 하지 않았지만, 이 시대에 소외된 노인들의 현실이 로맨스 안에 녹아내리고 있었다.

약보다 더 좋은 치료제가 인간관계라는 시카고대학의 발표다. 사람의 감정 상태, 생활 습관이 쌓여 면역체계의 질을 형성한다. 부부간의 가벼운 논쟁조차도 약이 된다고 하니 오늘부터라도 남편과 부부싸움을 시작해야 할까 보다. 더욱 중요한 요인으로 지적된 것은 우정이다. 이웃과의 사담, 메일이나 카톡 등 휴대전화 문자라도 친구와 우정의 끈을 돈독히 해야 할 것 같다. 비관론자보다 낙관론자에게 면역반응을 확대하는 T세포가 더 많다고 한다.

오늘 저녁 가족과의 따뜻한 식사, 기분 좋은 사람과 자주 만나 사랑 고백(?)을 해보는 건 어떨까.

병원 찻집

환자들이 한가롭게 담소를 나누고 있는 5층 병동 로비.

"아가씨, 여기 쌍화차 한 잔 줘요."

엉뚱하고 갑작스런 주문이지만 우리는 미소로 차를 탄다.

이따금 5층 간호사실은 병원 찻집이 되곤 한다.

"선생님, 저이도 맛있는 커피 한 잔 줘."

할아버지는 옥상공원에 앉아있는 이쁜이 할머니를 가리킨다. 아가씨, 선생님, 내키는 대로 부르는 어르신은 전문직 간호사를 다방 여종업원쯤으로 생각한다. 후후 불며 차를 마시는 얼굴 위로 아이처럼 환한 미소가 번지고 있다.

벌거벗은 나무들이 이별 연습을 하는 을씨년스러운 오후다.

"어르신, 차 한 잔 드릴까요?"

다정히 묻는 간호사의 얼굴을 빤히 쳐다본다.

"나, 돈 없시요."

퉁명스런 대답과 함께 도망치듯 병실로 향한다. 한나절이 넘도록 환자는 밖으로 나오질 않았다. '집을 지켜야 돼'라며 꼼짝을 안한다. 5년 넘게 입원하고 있는 치매 어르신의 1인 병실은 여느 가정집처럼 많은 사람살이가 있지만 냉장고엔 큼지막한 자물쇠가 걸려있다. 열쇠로 채운 냉장고 모습은 요양병원이 아니면 볼 수 없는 유머다. 환자는 자기 물건을 누가 탐한다고 믿고 있기 때문이다.

평생 화투를 즐긴 할머닌 눈만 감으면 고스톱을 친다.

"무조껀 고다, 피바가지야."

한밤중 버럭 지르는 소리에 같은 방 환우들이 모두 깨어 잠을 못 이룬다. 혈관성 치매 환자다. 원초적인 본능에 따라 무위로 움직이지만 마흔여덟 장 화투는 기억하고 있었다.

남자처럼 체격이 크고 살집 좋은 할머니는 휠체어에 의지했다. 뇌졸중으로 하반신마비와 언어장애가 있다. 휠체어를 타고 옥상공원으로 산책을 나오는 모습은 안락의자에 앉은 듯 편안해 보였다. 할머닌 손가방을 소중히 품고 다닌다.

어느 날, 비밀이 풀렸다. 가방 속엔 돈뭉치가 가득했다. 딸들이 어머니를 만나러 올 때마다 빳빳한 백만 원 뭉칫돈을 가져다 드리곤 했다. 할머닌 돈을 보면 무척 행복해하셨다. 자식들은 어르신 가방에서 돈 뭉치를 슬쩍 빼내어 되주곤 하기도 한다. 가끔 당신 마음에 드는 간호사에게 '옛다, 팁이다' 하며 만 원권 한 개를 찔러 준다.

뭉칫돈은 가짜 돈이다. 뒷면에 '이 돈은 복사본입니다'라고 깨알 같이 쓰여 있지만, 눈이 어두운 할머니만 못 보신다.

해가 지고 병실 소등이 되면 할머니는 옆 환우들이 잠들기를 기다린다. 이윽고, 가방을 열고 침을 발라가며 돈을 세고 또 헤아린다. 밤새도록 지속되는 할머니의 취미생활이다. 2남 1녀를 잘 키운 할머니의 평생 직업은 일수놀잇꾼이었다.

인생을 어떻게 살아야 멋지고 아름다운 삶일까? 과연 인간의 행복은 어디서 오는 것일까? 요양병원 근무를 하며 온갖 군상의 노년을 만난다. 젊은 날 자신의 위치에서 최고의 위상과 자부심을 떨치던 삶이었다. 그러나 늙고 병든 몸은 마음처럼 되지 않아 속절없는 허무와 외로움에 빠진다.

긴 병상에서 직업은 물론 인성과 버릇까지도 낱낱이 투영되고 있다. 웃음으로 넘기기엔 너무 아픈 몸짓이다.

조락의 계절, 어르신들은 더 외로워지고 쓸쓸해질 것이다. 떨어지는 낙엽에서 스스로를 보고 있진 않을까?

창밖으로 눈이 내릴 것 같다. 첫눈이 펑펑 내리면 나는 행복한 커피를 타는 병원 찻집 아가씨가 된다.

고종명考終命

A병동 쪽에서 다급한 목소리가 들렸다.

환자의 얼굴빛이 몹시 창백하다. 습관적으로 맥을 짚었다. 맥박이 뛰질 않고 호흡이 없다. 순간 당황했지만 침착하게 심폐소생술을 시도했다. 일사분란하게 설치한 산소포화도 (SPO2)가 70%, 눈금이 불규칙하게 오르내린다. 닥터에게 보고를 했다. 혈압도 잡히지 않고, 심폐소생술을 중지하면 산소포화도 눈금이 제로 상태다.

잠을 주무시듯 운명殞命의 길을 떠났다. 심전도(EKG)계에서 흑색 가로줄이 소리를 내며 나오고 있다. 모눈종이 위 검은 줄은 생의 마침표였다.

아침부터 몸을 씻고 싶다고 하셔서 간병사가 목욕을 시켜 드렸다. 저녁밥 한 그릇 다 비우시고, 농담 같은 욕을 하여 모두 웃었다고 했다.

환자를 집중치료실로 내려 보내고 텅 빈 침상을 바라본다. 닥터의 사망 사인 차트를 덮으며 괜스레 얼굴 위로 뜨거운 것이 쏟아진다.

환자가 병실에서 운명하는 것은 좀처럼 드문 일이다. 곁에 있던 환우가 세상을 떠나면 우울증이 오는 등 그 충격이 매우 크기 때문이다. 고백하면, 나는 거짓말쟁이 간호사였다. 이 미 숨이 끊어진 환자를 위중한 것처럼 꾸며 집중치료실로 내 리고, 미소 지으며 '아무 걱정 말고 편히 주무셔요' 하며 어르 신들에게 감쪽같이 연극을 했던 것이다.

울창한 잣나무 사이로 새들의 울음소리가 음악처럼 들리 는 오후다. 어르신들과 함께 깔깔거리며 놀아드리지만 긴장 을 풀어서는 안 된다. 이따금씩 응급 상황이 발생하기 때문이다. 지병으로 깊이를 모르고 떨어져 의식이 없는 저혈당 환자, 이유를 모른 채 높아가는 혈압과 열, 신속히 집중치료실로 옮기고 가슴을 쓸어내린다.

계절을 재촉하는 가을비가 내린다. 낙엽 빛깔이 녹아든 커피가 향기롭다. 찻잔을 치우는데 은발의 할아버지가 입원을 하러 오셨다. 함께 온 사람이 서먹해 보이더니 요양원 직원이었다. 의료진이 없는 요양원에서 직원이 환자를 직접 모시고 입퇴원을 하곤 한다. 달랑 진료의뢰서 한 장뿐, 면담을 할 가족도 없다. 차트 사이에서 무언가 떨어졌다. '돌아가시면 연락주시오.' 환자가 죽으면 연락하라는, 보호자의 메모와 휴대전화 번호다. 나중에 안 일이지만, 삼 년을 요양원에 있던 환자의 외아들은 서울 유명 내과의였다.

환자가 응급 상황이거나 크고 작은 수술이 필요하면 가까운 대학병원으로 이송을 한다. 요란하게 울리는 앰뷸런스의 경적을 '이별의 노래'라고 생각하며, 구급차 뒷모습에 기도하듯 작별을 고한다. 한두 달 후, 종합병원으로 떠났던 환자가 회복되어 다시 입원하면 모두 기뻐하며 축하해 드린다. 더러 사망 소식이 전해지면, 가슴으로 바윗돌 구르는 소리가 들리곤 한다.

개원과 함께 9년을 넘긴 장기 환자도 있다. 일주일 내내 오락과 교양 프로그램을 실시하지만 어르신들은 외롭다. 자식 이야기만 나오면 눈시울을 적시고 눈물을 훔친다. 늙고 병든 부모를 보살펴주는 아들딸이 고마워서 눈물을 쏟고, 생활이 바쁜 자식을 둔 어르신은 섭섭하고 서러워서 더운 눈물을 흘린다. 저물녘, 백수白壽를 넘긴 할머니가 '엄마가 보고 싶어요'라고 흐느껴 울면 병실이 함께 운다.

노화는 누구도 피해갈 수 없는 현상이다. 늙으면 죽는 게 아니라, 노화의 본질은 생명체가 살아남기 위한 적응의 결과이다. 그러나 노인병, 고독, 학대 등으로 노인의 삶은 갈수록 어려워지고 있다. 홀로 사는 '자녀 별거 노인 수'가 10년 사이 3배 이상 늘었다고 한다.

노인 환자를 치료하는 가장 정직한 약은 자식이다. 의사도 간호사도 아닌 핏줄이다. 보호자들이 자주 찾아오는 환자는 표정부터 다르다. 지켜보는 우리도 미덥고 흐뭇하다. 몸이 불편한 어르신에게 자식이 곧 '편작'인 것을 그들은 모른다.

'일생이 유복하고 평안했어도 마지막 5년이 불행하면 그

생은 행복한 삶이 아니다' 명을 다하고 고통 없이 죽음에 이르는 것, 오복 중 하나인 고종명考終命이다.

어르신들에게 한결같은 작은 소망이 있다. '저녁밥 잘 드시고 주무시다 이 세상을 하직하는 것'이다.

사랑한다는 것

"어머니, 사랑했어요 … 안녕히 가세요."

성가가 흐르는 병실, 가족들의 뜨거운 눈물 속에 여인은 미소 띤 얼굴로 이승을 떠났다.

입원 첫날부터 환자는 중증이었다. 폐에서 시작된 암세포가 간을 거쳐 뇌로 전이된 말기 암이다. 암환자답지 않은 온화한 얼굴이지만 예, 아니오 응답밖에 하지 못했다. 키가 훌쩍 큰 미모의 환자였다.

아들은 1인용 병실로 들어서며 어머니에게 포옹하며 키스를 퍼부었다. 병원 근처에 오피스텔을 얻어 출퇴근을 하고 있는 보기 드문 효자였다. 연하곤란으로 미음조차 넘어가지 않는 중환자, 더 이상의 치료는 의미가 없었다. 그러나 좋은 약, 영양제 등 최선을 요구한다. 말기 암에 특효약이 존재하는가? 아들은 어머니가 금방이라도 쾌유할 것 같은 환상에 사로잡혀 있었다. 산소포화도나 혈압이 조금만 떨어져도 예민한 반응을 보였다.

어려서 미국 유학을 떠난 아들에게 병을 숨긴 어머니였다. 위독하다는 소식을 듣고 급히 귀국했다. 전국 종합병원과 한의원 '명의'를 찾아다니며 적극적인 치료를 시도했지만, 환자는 레테의 강가에 서 있다.

우리나라의 1차병원은 말기 암 환자의 입원을 비공식으로 거부하고 있다. 그들은 노루 꼬리만큼 남은 삶을 뉠 곳이 없다. 최근 들어 요양병원이 말기 암 환자의 통증 조절과 심신 안정 등 마지막 쉼터가 되고 있다.

암 환자는 신경이 매우 예민하다. 극심한 통증으로 아이처럼 울기도 하고 단말마 비명을 지르기도 한다. 지위의 고하나 교육과 관계없이 인격은 파괴되고 마비된다. 간호사의 따뜻한 말과 미소조차 그들에겐 사치다. 암이 막다른 곳에 이르면 통증을 조절하는 신경 세포마저 파괴되어 환자는 무의식, 코마coma상태로 들어간다. 의료인인 우리는, 세상에서 가장 어려운 말을 해야 한다.

"마음의 준비를 하십시오."

암 통증을 다스리는 것은 마약이다. 몰핀morphine은 암환자에게 절체 절명한 주사로, 강력한 진통과 진정 효과를 나타낸다. 한 개를 시작으로 수일 내에 10개의 앰플이 링거에 투입된다. 치사량이 넘으면 죽음에 이르는, 안락사에 쓰이기도 하는 마약성 진통제다.

식사도 거른 채 로비에서 커피를 마시고 있는 아들과 자연스럽게 이야기를 시작했다.

25년 전, 뇌졸중으로 나의 젊은 어머니를 떠나보냈다. 대학병원 입원 한 달 후 어머닌 뇌사상태가 되었다. 일 년이 지나자 병원은 퇴원을 종용했다. 가족회의가 열리고 '어머닐 보내드리자'고 말을 하는 나는 인정이라곤 손톱만큼도 없는 딸이었다. 두 동생이 적극 반대를 했다. 어머니를 지극히 사랑한 효자 아들 덕분으로 친정집 안방은 중환자실이었다. 하루에 수십 번씩 가래를 뽑아내는 흡입기suction, 호흡을 위한

산소기(O₂), 코에는 음식을 투입하는 'L-tube', 아래로 소변
줄에 링거까지….

어머니를 집으로 모셔오고 사계절이 지나고 있었다. 당신
혼자 움직일 수 있는 것이라곤 오직 인형처럼 깜박이는 두
눈 뿐. 대학병원에서 함께 온 간병사의 극진한 간호로 소문난
미인이었던 식물인간 어머니의 모습은 아직도 고왔다. 그러
나 한 줌도 안 되는 어머니의 팔과 다리는 바라보기조차 설움
이었다.

음식이라고 말할 수 없는 미음 같은 멀건 죽을 하루 3회
간병사가 주입한다. L-tube 위로 토하듯 모두 쏟아냈다고
했다. 어머닌 이미 숨을 거둔 뒤였다. 식물인간으로 2년여,
아버지와 사랑하는 자식들, 누구의 배웅도 받지 못한 채 홀연
히 먼 길을 떠나셨다. 어머니 나이 예순하나, 숨을 쉬고 있음
이 고통이었을 어머니. 장례를 치르는 내내 나는 중얼거리고
있었다. 아니 커다랗게 소리치고 싶었다.

"엄마, 이제 당신의 고통과 아픔은 끝났습니다."

간호사가 아닌 삶의 선배로 그에게 조심스럽게 말을 건넸

다.

"이제 그만 보내 드리세요. 어머님의 마음도 저와 같을 것입니다."

"못난 아들을 위해 하루도 빠짐없이 기도한 내 어머니예요. 아직 헤어질 준비를 하지 못했습니다."

그는 안경을 벗으며 아픈 눈물을 닦는다.

기다림이 서러웠을까, 한없이 울어대는 말매미의 여름 잔치가 끝나면 가을이다.

삶과 죽음을 가까이 보고 느끼며, 성스러워야 할 인간의 마지막을 너무 쉽게 담담히 대하고 있는 나 자신이 두렵다. 살아있는 것에 겸손하고 건강히 일하고 있음에 감사한다. 병든 이들에게 최선을 다하는 의료인. 고통 받는 말기 암 환자들의 삶에 의미를 부여해 주고 싶다.

치매백신과 맹물주사

밤새 안녕이라는 말이 있다.

'침상에서 미끄러져 이마에 큼직한 혹을 달고 있던 환자에게 아무 일도 없어야 할 텐데….' 걱정을 하며 출근을 한다. 코끝이 찡한 축령산의 아침 공기를 흠뻑 들이마신다. 상쾌함을 넘어 행복감마저 든다. 주차장을 지나 병원문으로 들어선다. 병원 특유의 냄새가 이젠 친근감마저 든다.

밤 근무 간호사에게 어젯밤 상황을 인계받고 한숨 돌리는데 누군가 간호사실로 뛰어들었다.

"선생님, 제 고무신이 없어졌어요. 누가 훔쳐갔어요."

머리는 헝클어져 있지만 표정만은 진지한 94세의 치매 할머니다. 고무신을 꼭 찾아드리겠다는 약속을 하고 병실로 모셔간다. 할머니의 옷장 속은 크고 작은 보자기로 가득 차 있다. 병실에서 없어진 물건은 모두 그곳에 들어있다. 숟가락과 젓가락이 한 묶음씩 나오곤 한다. 당신 옷은 물론 신던 운동화와 구두, 병원 배식하는 밥그릇과 남이 입다 버린 속옷까지 켜켜이 보따리에 쌓여 있다.

창밖으로 함박눈이 내린다. 아침부터 고무신 타령을 하시더니 보따리를 이고 피난을 가야 한다며 종종걸음을 치신다. 아마도 그 춥던 1·4후퇴 때를 기억하시나 보다. 땀이 줄줄 흐르던 지난 여름, 속옷과 속바지를 있는 대로 껴입고 네 발로 기던 할머니다. 사랑하는 자식도 무조건 '아저씨'라 부른다.

"선생님, 배가 아파요. 약 좀 주세요." 늘 과식해 배가 아픈 할머니는 한 개가 정량인 소화제를 꼭 두 알씩 받아간다. 소화와 관계없는 영양제를 한 개 더 얹어 드린다. 다음 날, 빨갛고 큰 약을 달라고 아이처럼 떼를 쓰신다. 약을 먹고도 20분만 지나면 잊어버리고 간호사실을 계속 드나든다. 반듯한 이마에 오똑한 코, 별명이 '이쁜이 할머니'다.

올해 88세 할아버지는 취침시간이 되면 어김없이 주사를 놓아드린다. 정해진 시간에 조금만 늦어도 불호령이다. 이런 환자에게 주는 특효약이 있다. 증류수 주사placebo, 흔히 말하는 맹물주사다. 수면제와 진통제 등, 저녁 근무일지에는 아예 맹물주사 명단이 있다.

요양병원 근무를 시작한 지도 9년을 넘겼다. 대학 졸업 후 2년여의 종합병원 근무를 마지막으로 결혼과 함께 흰캡을 벗었다. 그리고 30년, 다시 임상에 서리라는 생각은 꿈에도 하지 못했다. 그러나 삶은 예측 없는 드라마다.

환자들이 참여하는 오락프로 중 '노래방'이 있다. CA시스템 방송으로 병실에서 텔레비전으로 볼 수 있다. 어느 날 바쁘게 일을 하다 문득 바라본 화면에서 뇌경색으로 한마디의 단어도 구사하지 못하는 환자가 노래를 부르고 있지 않은가. 파스 한 장을 가져갈 때도 대화가 안 돼 손짓 발짓으로 애가 탄다. 귀를 기울여보니 발음이 아주 정확했다. 눈물 콧물을 흘리며 '섬마을 선생'을 부르는 환자와, 의사 간호사는 물론

복지사, 간병사까지 손뼉을 치며 함께 불렀다.

100세 시대라고 한다. 우리 병원에 106살 할머니가 계시다. 스물아홉에 청상과부가 되어 야채 장사, 연탄 장사 등 안 해본 장사가 없다. 그렇게 키운 중소기업 사장 아들에 대한 자랑이 할머니의 일과였다. 칠순을 넘긴 며느리가 봉양하기 버거웠는지 할머니를 우리 병원에 모셨다. 할머니가 요즈음 우울증에 빠졌다.

"아들이 보고 싶다. 손자녀석들을 내가 키웠는데…."

멍한 얼굴로 눈물을 흘리신다. 늘 자식이나 손자 걱정을 하는 할아버지·할머니들이지만, 가족들은 한 해만 지나면 찾아오는 빈도가 줄어들고 아예 발길을 끊어버리는 자식들조차 있는 것이 이곳의 현실이다. 그러나 한편 생각해 보면 복 받은 어른들이다. 어느 며느리와 딸이 이렇듯 살뜰하게 보살필 수 있을까?

우리는 '100세'를 맞이할 준비가 되어있는 것일까. 아침 신문에 '치매 백신'이 나올 것이라는 기사가 났다. 치매는 '아밀로이드' 라는 물질이 뇌에 축적되어 뇌기능을 파괴하는 질환이다. 20종의 치매백신이 임상실험에 들어갔다. 치료 효능도 있어 백신과 맞물려 조기치료 시대가 열릴 것 같다. 우리 병원 어르신들에게 반가운 일이다. 실제 연구가 성공할지, 성공하더라도 약이 시판될 때까지 얼마나 시간이 걸릴지 알 수 없는 일이다. 그때까지 맹물주사의 효과는 지속될 수 있을까.

할머니 할아버지와 함께 깔깔거리고 너스레를 떨기도 하지만, 이따금 스멀스멀 올라오는 뜨거운 슬픔이 가슴을 친다.

어느 시인의 말처럼 '인생은 즐거운 소풍일까' 되묻는다.

다정도 병이다

연둣빛 봄비가 한 편의 시가 되어 내리고 있다.

언제부터인지 몰라도 비가 좋다.

내 상념을 깨고 간호사실로 환자보다 차트가 먼저 올라왔다. 대학병원 소견서와 상담일지를 훑어본다.

골반에서 둥지를 튼 암이 척추를 지나 폐로 전이된 골육종 OSTEOSARCOMA 환자다. 비와 함께 온 삼십구 세 환자는 미혼의 중등교사였다.

잠시 후, 엘리베이터 문이 열리고 침대카가 들어왔다. 남자는 육척 장신으로 노트북을 장난감처럼 끌어안고 있다. 골반

암으로 앉지도 서지도 못한 채 엎드려 밥을 먹고 책을 보며 컴퓨터를 하고 있다. 말기 통증으로 몹시 아파한다. 진통제 '도란찐'을 prn(수시)처방으로 근육주사를 시작했다.

갑자기 병실이 소란스럽다. 깜짝 놀라 직원 모두 뛰어갔다. 골육종 환자가 꺼이꺼이 울고 있다. 진통주사가 하루 열 번을 넘기고 있었다. 울음이 그치기를 기다렸다.

"여기가 어딥니까?"

소리치는 환자에게 병원이라 말해 주었다.

"내가 아직도 병원에 있어요?"

환자의 울음소리는 통곡으로 변해갔다. 물을 끼얹은 듯 병실이 숙연해졌다.

"선생님, 저 장가는 갔나요?"

환자의 돌발 질문에 웃을 수도, 그렇다고 함께 울 수도 없다. 암 말기 극한의 고통으로 자기가 누군지, 시간과 장소 등 인지장애가 오고 있었다.

동료교사와 뜨겁게 사랑을 했다. 약혼을 하고 결혼 날까지 받았다. 그러던 어느 날 허리가 몹시 아파왔다. 푸르른 젊음으로 물리치료를 받으며 환자는 암 치료의 기회를 놓쳐버린 것이다. 항암치료를 시작하며 남자는 약혼녀와의 정을 매몰차게 끊어버리고, 첩첩 산중으로 들어가 지독스레 치료를 시도했다.

그리고 삼 년 후, 재발한 것이다.

쏟아낸 눈물로 카타르시스가 되었는지 표정이 밝아지고 식사를 한다.

그날 밤 한 여자가 찾아왔다. 밤이 이슥하도록 마주 앉아 정담을 나누고 있다. 한 시간마다 요구하던 진통주사 콜 벨이 울리지 않고 있다. 마지막 라운딩을 하는데 소등을 한 컴컴한 침상에서 두 남녀가 부둥켜안고 있다. 끊어질 듯 이어지는 속울음이 아프게 들려온다.

이튿날 아침, 목사님의 임종기도가 끝나고 의식이 떨어지는 환자를 집중치료실로 옮기려 똑바로 눕혔다. 남자는 영화배우 뺨치는 미남이다. 볼살은 홀쭉했지만 오뚝한 코에 짙은 눈썹의 귀공자였다.

남자는 간이역 같은 집중치료실에서 사흘을 묵고, 아픔 없는 세상으로 영원히 떠났다.

삼사십대 암이 늘고 있다. 젊은 암은 왕성한 세포분열로 빠르게 진행되어 마지막 지름길로 치닫는다. 그들은 죽는 날까지 의식이 명료하다. 어쩌면 다행이라고 해야 할까? 고통 속에서도 하고픈 말을 다 쏟아내고 떠난다. 노인의 병은 악성종양이라 해도 타고난 명命과 함께 진행되어 친구 삼아 함께 간다는 말도 있다.

요양병원 집중치료실은 죽음의 순서를 기다리는 곳이라 해도 과언이 아니다. 수년을 뇌사상태, 몇 개월째 혼수상태인 환자도 여럿이다. 대학병원 집중치료실과 달리 입원을 하면 이곳에서 편안히 임종을 마치겠다고 서약하는 환자가 늘고 있다. 본인이 아닌 자식들과의 약속이지만, 그들은 세상과 인연을 놓고서야 병원 문을 나선다.

최선을 다해도 최선이 아닐 때가 있다. 응급이나 중환자가 발생하면 집중치료실로 보낸 후, 가슴으로 환자의 모습이 떠오른다. 아무리 분주해도 찾아가 지켜보다 돌아오곤 한다.

그리곤 내내 마음 시려 한다.

"어르신, 병실로 돌아오셔야 해요."

내 손을 꼬옥 잡으며 눈물을 뚝뚝 흘리는 환자, 대부분 하늘나라로 떠나지만 다시 돌아오면 두 팔을 벌려 안아드린다.

다정도 병이다.

바람에게 말하리

우측 편마비가 있는 그녀는 매일 왼손 글씨 연습을 한다. 사랑하는 아들과 딸의 이름을 잊지 않기 위해서라 하였다. 침상 뒤 벽면엔 어린 딸이 그린 그림과 그녀의 삐뚤삐뚤한 글씨가 붙어있다.

환자는 불행 중 다행으로 걸을 순 있지만 오른팔과 손은 신경마비로 자유롭지 못하다. 국이나 커피에 화상을 입는 등 늘 상처투성이다.

명문 Y대를 나온 그녀는 오랜 연애 끝에 결혼을 했다. 인형 같은 딸과 아들, 건장한 남편은 사립 명문대 K대학의 교수다.

환자에게 질문을 던진다. '집이 어디에요?' 고개를 갸우뚱
거리며 대답을 못한다. '딸 이름은 뭡니까?' 다시 질문을 해도
대답을 못하고 함박꽃 같은 얼굴에 웃음만 번지고 있다. 뇌종
양환자인 그녀의 머릿속에는 고름만 들어있는 것 같다. 상세
불명의 상처로 수년째 진물이 흐르고 있다. 매일 드레싱과
항생제를 투여한다. 그녀의 까만 머리 위엔 언제나 2×2 거즈
가 흰나비처럼 나폴거리고 있다. 병원로비나 복도 어디서 그
녀를 만나면 뛰어가 안아준다. 큰 키에 하얀 얼굴, 바라만
봐도 안쓰럽고 짠하다. 등을 토닥이면 그녀의 비음이 음악처
럼 들리곤 한다.

일요일이다. 교회에 오기 위해 엘리베이터에서 환자들이
내리고 있다. 그녀의 뽀얀 얼굴이 보였다. 머리엔 낯선 모자
를 쓰고 있었다. 반가움에 달려가 어깨를 안았다. 도토리 꼭
지 같은 모자가 벗겨진다. 아뿔사! 머리카락이라곤 없는 빡
빡이 머리. 찌그러진 바가지 모양의 뒤통수가 낯설어 그녀를
와락 끌어안았다.

종합병원에서 재수술을 하고 돌아온 것이다. 머리의 상처
는 사라졌지만 거머리 같은 굵은 수술 바늘 자국이 어지럽다.

6년 전 스키장에서 넘어지면서 발견된 뇌종양이었다. 급히 시도된 종양수술은 강남의 논술학원 원장이던 그녀를 지적장애자로 만들어버렸다. 머리는 복잡 미묘한 장기다. 악성이든 양성이든 수술 후 편마비와 지능의 저하 등 많은 후유증을 남기고 있다.

서너 달에 한 번쯤 남편과 아들딸이 병문안을 온다. 늘 앞장서서 오는 시어머니가 두 아이를 양육하고 있다. 손자 손녀의 손을 잡고 며느리를 만나러 오는 모습은 평화롭다 못해 아름답기조차 했다. 남편과 시어머니가 다녀간 어느 날, 그녀의 옆 침대 파킨슨 환자의 볼멘소리에 깜짝 놀랐다.

"못된 시어메 같으니라구, 아들과 며느리 사이에 끼어 앉아 뭐 하는 짓이야…."

시어머니는 아들과 며느리 사이에 앉아서 화장실도 안 가고 있다는 것이었다.

6년째 투병중인 이름뿐인 부부지만, 며느리도 자식이 아닌가? 위험한 대수술의 고비를 몇 번을 넘기고 6년을 투병 중인 그녀. 어머니 없는 친정과 사랑하는 남편 곁조차 돌아갈 곳이 없다. 요양병원의 한 평도 못되는 침상이 그녀의 울타리가 되어 위리안치圍籬安置였다.

가을비에 맑게 닦인 가을 풍경이다. 꽃대궐 빨강 노랑 나뭇잎이 어느새 겹겹이 쌓인 낙엽 향기에 젖는다.

남편이 주치의를 찾아왔다. 갑자기 그녀와 이혼을 하겠다고 했다. 환자의 장애 진단서를 끌어안고 눈물을 펑펑 쏟고 돌아갔다는 소문이 병원 안팎을 돌았다.

사랑도 비워지면 채워져야 하는 허의 것이었다….

오늘도 그녀는 교회에 앉아 기도를 하고 있다. 또 다시 하얀 거즈가 그녀 머리 위에 리본처럼 나풀거리고 있다.

사랑하기 딱 좋은 나이

세수 구십여섯 환자는 목사님이다. 차분한 모습으로 성서를 읽고 병실에선 찬송가가 들려온다. 성직자다운 경건한 모습에 옷을 여민다.

입원생활 중 당신이 정한 규칙에 조금이라도 어긋나면 목사님은 간병사와 직원을 몹시 나무랐다.

목사님에게 크고 작은 노환이 발생했다. 일 년이 흐르고 대학병원 외진을 자주 오가며 한 줌을 넘겨 버린 경구약이 목사님을 힘들게 하고 있었다.

'사랑하기 딱 좋은 나이야…' 엘리베이터 문이 열리고 트로트가 한 발 먼저 나왔다. '볼륨 좀 줄여주세요' 말하려는데, 웃음 띤 얼굴이 보였다. 목사님이었다. 재활치료를 끝내고 기분 좋은 모습으로 돌아오고 있었다. 휠체어에 매달린 가요 600곡 '효도 라디오'가 여과 없이 크게 울리고 있다.

모두 우려한 대로 목사님의 치매가 급격히 진행되고 있었다. 매일 병실을 방문하는 할머닌 목사 사모로 평생을 바쁘게 살았다 하였다. 뇌졸중 후유증으로 하지마비가 되어 개인 간병사를 동반한 채 휠체어에 의지했다. 노부부는 좋은 음식을 먹으며 100살 넘게 장수할 것을 약속하며 늘 화기애애했다.

연둣빛 숲이 녹음으로 짙어갈 무렵, 특실병실에 실소를 금치 못하는 일이 생기고 있다. 할머니는 하루 몇 번씩 목사님에게 전화를 하고 매일매일 병실을 방문한다. 뜬금없이 '목사님, 간병사×들 유혹에 넘어가지 마시오. 우리 땅과 돈을 노리는 나쁜 사람들입니다'라고 말했다. 목사님 몸수색을 하는 등, 할머니의 치매는 중증을 넘고 있었다. 백수白壽에 찾아온 세 살 연상 할머니의 의부증이었다. 치료를 해도 좀처럼 차도가 보이지 않아 가족들을 애먹였다.

목사님은 풍운아였다. 제 2공화국의 정치깡패라고도 했다. 개과천선하여 신학공부를 시작했다. 삶의 미래는 아무도 예측할 수 없는 것, 그는 모두에게 존경받는 목사가 되었다.

목사님의 입원 생활을 힘들게 하는 것은 할머니의 의부증이 아니다. 화장기 없고 미모에 관심 없는 간병사가 배치되면 이유 없이 우울해하고 식사를 거부했다. 온갖 트집으로 일주일을 넘기지 못하고 간병사를 내보냈다. 젊고 건강한 사람이 오면 아이처럼 좋아하며 행복해한다. 고개를 갸우뚱하게 하는 목사님의 치매다.

삶은 살아 내야 하는 것이 아니라, 살아가고 싶은 것이어야 한다. 80년 가까이 해로한 목사님 부부. 99세 할머니의 할아버지에 대한 지나친 관심은 질병이 아닌 사랑하는 마음일 것이다. 목사님의 이상 증상도 젊음을 그리워하는 건강했던 날들에 대한 흠모이리라.

…세월아 비켜라

내 나이가 어때서

사랑에 나이가 있나요…

오늘도 병원 복도를 트로트가 지나가고 있다.

우리를 슬프게 하는 계절

추석 명절이 다가온다.

이유 없이 혈압이 높아지고 식욕이 떨어지는 등 어르신들은 예민해진다. 행여 자식들이 집으로 모셔가지 않을까, 혹여 찾아오지 않을까 노심초사하기 때문이다. 지난 설엔 다섯 손가락으로 헤아릴 정도만큼 환자가 집으로 떠났다. 명절은 어르신들에게 반갑지만은 않다. 더러는 과식과 가족 간의 불협화음 등으로, 귀원 후 상태가 더 나빠지기도 한다.

다섯 딸을 키운 딸부자 할머니가 있다. 어려운 시기에 피아노를 전공한 막내딸 이야기는 늘 신이 난다. 추석 전야, 모두 잠든 컴컴한 병실 복도 끝에서 들릴 듯 말 듯 전화를 하고 계시다.

"애야, 날 집에 데려가면 안 되겠니?"

딸이 모셔갈 수 없다고 하는 것 같다.

"방 친구들 모두 명절 쇠러 집엘 가 병실이 휑하구나."

긴 통화가 이어지더니 갑자기 울음 섞인 음성이 들렸다.

"막내야, 어미가 가엾지도 않니….'"

'나는 금쪽같은 다섯 딸을 손발이 닳도록 키웠다. 너희는 어미 하나를 건사 못하느냐?' 병실로 들어가는 어르신의 혼잣말이 가슴에 걸린다. 한 부모는 열 자식을 키우지만 열 자식은 한 부모를 모시지 못한다는 말이 있다.

인간에게 그리움이란 무엇일까. 연인간의 사랑, 부모에 대한 보고픈 마음, 그러나 늙고 병든 부모가 자식을 그리는 것만큼 애처로운 것은 없다.

우리나라 '노인성 뇌혈관 질환'에 비상이 걸렸다. 뇌졸중과 치매, 파킨슨 순이다. 사회 활동의 중심이라 할 수 있는 사오십대에 뇌혈관 질환에 걸려 불우한 노년을 보낸다. 가족의 삶까지 피폐하게 만든다. 비만, 고혈압, 당뇨, 고지혈증 등 '대사질환'이 급증했기 때문이다.

치매의 원인은 알츠하이머와 혈관성치매가 가장 많다. 뇌혈관 질환으로 인지기능을 관장하는 뇌조직의 손상이 혈관성치매다. 알츠하이머는 이상 단백질(아밀로이드 베타 단백질, 타우 단백질)이 뇌 속에 쌓이면서 뇌신경세포가 서서히 파괴되는 퇴행성 신경질환이다. 기억력 장애가 시작되고 지남력, 언어 능력, 사고 능력의 저하와 함께 인격변화가 나타난다.

65세 이상 치매 환자 수가 현재 10%를 넘어서고 있다. 혈관성치매는 일부 치유 가능하지만 뇌세포가 파괴된 알츠하이머는 약으로 재생이 불가능하다. 치매약은 일찍 복용할수록 효과가 크다. 그러나 치매 증세의 악화를 조금 늦추어 줄 뿐이다.

입원이 장기화되면 자식조차 발길을 끊는 환자가 발생한다. 늙고 병든 부모를 요양병원에 방치하고 돌보지 않는 보호자들, 우리는 그들에게 넌지시 전화하여 환자의 상태를 전해주기도 한다. 예기치 못한 전화에 해외 출장에서 급히 오는 아들딸도 있다. 그러나 전화를 기피하고 받지 않는 자식들,

일등급 요양병원 입원비를 지불하고 자식의 임무를, 도리를 다했다고 생각하는 것일까? 병든 부모는 오지 않는 자식을 하염없이 기다린다. 불편한 몸을 휠체어에 의지한 채, 들고 나는 병원 입구에서 시선을 떼지 못하고 있다.

기다림이 서러웠을까, 한없이 울어대는 말매미의 여름 잔치가 끝나면 가을이다. 우리는 어르신들의 딸이고 며느리다. 단지 병을 치료하는 의료인이 아닌, 환자의 마음을 치유하는 가족이다.

2년 넘게 입원해 있던 치매 환자가 노환으로 세상을 떠났다. 죽음은 혼자 떠나는 것, 모두 남겨놓고 가야 한다. 어느 삶 한 조각도 가져 갈 수 없다. 급히 달려온 자식들, 눈물 같은 건 없다. 죽은 부모의 얼굴도 보지 않고, 앰뷸런스는 출발한다.

삶과 죽음, 성스러워야 할 인간의 마지막을 너무 쉽고 담담히 대하고 있는 것은 아닐까?

깊어가는 가을, 먼 산에 산꿩이 운다.

소화제와 수면제

병색 짙은 얼굴, 황달이 각막까지 노랗게 뒤덮인 환자가
입원을 하였다.

간경화가 췌장암으로 진행되고 있는 90세 할머니다. 입맛
이 없어 식사를 거부한다. '메디 푸드'를 타서 권해보고 흑임
자죽 등으로 식단을 바꾸어도 아이처럼 투정을 한다. 뜬금없
이 시래기 된장국이 먹고 싶다거나 상추쌈을 찾는 등 임산부
의 입덧증상과 비슷했다.

입원 첫날부터 잠이 안 온다고 수면제를 청했다. 가족으로
부터 소외됐다는 섭섭함과 노여움, 바뀌어버린 환경으로 노

인은 우울에 빠지곤 한다. 노인은 약에 매달렸다. 늦은 밤, 수면제를 받아들고 돌아서는 지팡이 소리가 병실의 어둠을 깨고 있었다.

한 달 후, 얼굴색도 밝아지고 식사도 곧잘 하셨다. 오늘은 사탕 한 개를 내 손에 꼭 쥐어준다.

담당 간병사가 근심어린 얼굴로 말을 꺼냈다.

"수면제 몇 알을 먹어야 사람이 죽느냐고, 어르신이 물어요. 간호사님, 좀 이상하지 않습네까?"

간병사의 말이 끝나기도 전에 벌떡 일어섰다. 환자의 소지품 검사에 들어갔다. 병원 살림이라야 작은 옷장을 겸한 탁자가 전부다. 환자 침대 밑 보따리 속 깊숙이 들어있는 시럽통 속의 알약을 찾아냈다. 피식, 웃음이 터졌다. 한 줌이나 되는 약은 모두 소화제다. D제약회사에서 만드는 소화제 가스모틴은 최면 진정제 졸피뎀과 모양이 흡사하다. 혹여 한 알의 수면제라도 들어있을까 거듭 확인했지만 모두 소화제였다.

내가 근무하는 5층 병동은 많은 간호사들이 일사분란하게 일을 한다. 어느 간호사도 환자에게 수면제를 주지 않았다. 환자의 건강을 생각하는 마음이 모두 같다고 할까. 수면제

대신 가스 제거용 소화제를 드렸던 것이다. 노인은 매일 잠이 안 온다고 엄살을 떨며 타간 수면제를 차곡차곡 모은 것이다.

이튿날, 체머리를 흔들며 당신 짐을 이 잡듯 뒤지고 있는 모습을 못 본 척하며 회진을 하였다.

"선생님, 우리 방에 도둑이 들었나 봐요….."

내려앉은 노인의 어깨가 측은했다.

한 폭의 수채화 같은, 일만오천 평 녹지 위에 단아하고 아름다운 호텔 같은 요양병원이다. 아침 아홉 시, 경쾌한 음악이 병동에 흐르면 하던 일을 멈추고 복창을 한다.

'정성을 다하겠습니다!'

'부모님처럼 모시겠습니다!'

퇴원하는 날, 어르신은 내 손을 잡으며 눈물을 글썽인다.

"집에 돌아가, 아들 며느리 앞에서 수면제 먹고 세상 버리려 했어."

노인을 가슴에 꼬옥 안아드렸다.

한이 많으면
설움도 깊다

병동 이야기

요양병원은 천태만상이다.

개원과 함께 10년을 내 집처럼 입원해 있는 장기 환자도 있고, 입원 하루 만에 퇴원해 버리는 어르신도 발생한다. 자식들이 늙고 병든 당신을 요양병원으로 내쳤다고 생각하기 때문이다. 그러나 하루 이틀이 지나면 어르신 마음은 대개는 눈 녹듯 사라진다. 어떤 효부가 어느 착한 딸이, 그렇듯 입안의 혀처럼 따뜻하고 편안하게 돌볼 수 있겠는가? 그것은 요양병원만 가능하다. 환자를 왕으로 모시며 정성을 다하여 내 부모님 모시듯 하기 때문이다.

변화란 존재하는 모든 것의 본질이다. 그러나 우리는 때로 변화를 받아들이지 못하고 살아간다. 영원히 젊기를 기대한다. 건강하기를 바란다. 긴 시간 안에서 가족 간의 믿음이 변치 않기를 바라지만 모두 가능한 일이 아니다.

아들은 한 달에 두어 번 모친을 방문했다. 돌처럼 딱딱해진 어머니의의 발톱을 깎아 드리곤 했다.

다음 생엔 바람으로 태어나셔요. 봄 햇살은 이리도 따사로운데 내 어머니 몸에도 다시 새순이 돋을까요? 병원을 나설 때마다 '어머니 사랑합니다.'를 큰소리로 외치며 손을 흔들며 떠나는, 정 많고 다정한 아들은 국립대학 교수라 했다.

환자는 입원을 하며 자식에게 유산 상속을 하였다. 평생 일구어 낸 작은 빌딩을 아들에게 주었다. 그리고 당신 세상 떠날 때까지 병원비와 일체 잡비를 부탁했다. 나머지는 딸에게 주고 빈손으로 입원을 하였다.

수년이 흘렀다. 아들은 어머니의 병원 생활비를 야금야금 줄이기 시작했다. 환자는 매그너스 교회에 아낌없이 두툼한

헌금을 하는 등 남에게 봉사하길 좋아했다. 병원 직원들에게 틈틈이 고맙다고 나누어 주던 음료수조차 아쉬워졌다. 긴 병에 효자는 없었다. 사이좋던 남매 사이도 틈이 생겨 버렸다. 딸이 모친을 방문하면 어머니 머리맡의 오빠 사진이 치워지고 아들이 찾아오면 딸의 가족사진이 옮겨지고 있었다.

어느 날부터 환자의 상태가 이유 없이 나빠지기 시작했다. 외아들에 대한 믿음과 기대가 실망으로 온 충격이었을까, 치매가 오고 환자 상태가 중증으로 치닫고 있다. 어느 날, 모친 병실 앞에서 맞닥트린 남매, 오빠 얼굴도 보지 않고 딸은 병원을 곧장 떠나 버렸다.

자식이 보험이고 연금이던 시절이 있었다, 지금은 옛이야기가 되어버렸지만. 노인정에서 죽기 전에 자식들에게 유산을 물려주는 일처럼 어리석은 일은 없다며 서로 다짐을 한다는 이야기가 우스갯소리처럼 들리고 있다. 그것이 연금이든 저축이든 더도 말고 덜도 말고 요양병원 입원비가 노후대책이 될 것 같은 생각을 해본다.

마음을 다하고 성품을 다하여

병원 로비에서 사람들이 분주히 입원수속을 하고 있다. 백발의 어르신 옆에 아들로 보이는 남자 얼굴도 초로의 노인이다. 요양병원에선 백세시대를 임상으로 몸소 실감하고 있다.

한 달 후, 입원한 아버지를 문병 온 아들이 짐짓 말을 건넨다.

"아버지, 모시러 왔어요. 퇴원하고 집으로 갑시다."

"녀석아, 여기가 내 집인데 가긴 어딜 가."

아버지의 대답에 피식피식 터지던 웃음이 박장대소로 바

꿰었다. 환자는 고위 공직에서 퇴직한 분이었다. 입원 첫날부터 3일 낮밤을 잠을 자지 않았다.

"내 자식들이 이럴 순 없어, 이건 아니야."

소리를 지르며 집엘 가겠다고 소란을 피워 의사와 간호사를 애먹었던 분이다.

아들이 가져 온 음식을 방 환우들과 나누어 드시고 장기를 두며 연신 웃음을 짓고 있다.

우리 병원 병실 바닥은 온돌이다. 회진하는 의사와 간호사도 신발을 벗고 병실에 들어간다. 처음엔 익숙지 않아 신발을 신고 방으로 들어가는 일이 종종 발생한다. 6인용 병실에는 간병사가 환자를 돌보며 기거하고 있다.

고운 얼굴 밝은 미소의 알츠하이머 할머니가 어느 날부터 우울해하며 마음을 잡지 못하고 전전긍긍하셨다. 병문안 온 아들로부터 당신이 살던 집을 팔아 버렸다는 소식을 들은 이후였다. 친정아버지가 물려주신 집이었다. 통영반닫이도 있고 텔레비전도 2대가 있다고 늘 자랑하셨다. 은수저 은비녀까지 아까워 아까워하며 병동을 헤매고 있다.

부모를 입원시킨 후, 자식들은 입원비를 핑계 삼아, 혹은 부모의 재산을 탐내어 집과 아파트 등을 팔아 버린다. 늙고 병든 것도 억울한데 돌아갈 내 집이 없다는 허망함 속에 버려진 외로움이랄까, 환자들의 마음은 점점 황폐해간다.

"선생님, 나 좀 집에 보내주세요. 자식들이 내 집을 팔았답니다. 살림 좀 치워놓고 다시 올께요."

보따리를 끌어안은 채 현관 로비에서 막무가내로 집엘 가겠다고 직원과 실랑이하고 있는 치매 할머니의 눈자위에 물기가 흥건하다.

작아진 몸에 아기 같은 할머니가 간병사 이불 속에서 새근새근 잠들어 있다. 구십세 치매 할머니를 아기처럼 품어 팔베개 해주고 있는 간병사. 엄마 같은 그녀는 우리 병원의 미션처럼 마음을 다하고 성품을 다하고 있다.

우울의 늪

자박자박 내리는 빗소리가 가을을 적시고 있다.

아침 근무 간호사로부터 환자 인계를 받고 병실 라운딩을 시작한다. 앙상하고 까칠한 환자의 손을 한 분 한 분 미소로 잡아 드린다. 되도록 말을 많이 들어준다.

차 한 잔을 준비하며 컴퓨터를 여는데 전화벨이 울렸다.

'5병동이지요?'

복지팀 K선생의 다급한 목소리였다.

"510호 김×× 환자가 6층 옥상에서 투신을 했어요. 지금 집중치료실로 옮겼는데 위중합니다."

엘리베이터를 기다릴 여유도 없이 집중치료실이 있는 1층으로 뛰었다. 심폐 소생술이 실시되고 있었다. 의료진에 둘러싸인 환자의 모습은 차마 바라볼 수 없을 만큼 처참했다. 이럴 수가! 삼십 분 전쯤 "출근했어요? 오늘도 수고하셔요" 하며 미소를 건네던 환자였다.

집중치료실과 5층 병실을 수없이 오르내렸지만 아무 것도 할 수가 없었다. 가슴이 진정되지 않았다. 스스로 당당한 직업인이라 생각하고 있었지만, 뜨거운 것이 얼굴 위로 흐르는, 나는 의료인도 간호사도 아무것도 아니었다. 심폐소생술을 시작한 지 삼십여 분, 꼭 닫힌 환자의 눈은 다시 열리지 않았다.

일주일 전 일이다. 누군가가 옥상공원 높이 설치된 펜스에 의자를 딛고 올라서서 아래를 내려다보고 있었다. 직원이 달려가 위험하다고 주의 말씀을 드렸다.

"내가 저 아래로 뛰어내릴까 봐? 하하하……."

너털웃음을 지었다고 했지만 느낌이 좋지 않았다. 이튿날 '인계장' 위로 큼직하게 글이 올랐다. '김××환자, Suicide

(자살)주의!!'

후리후리한 키에 인물 좋은 환자였다. 천성이 예민하고 까다로워 의사와 간호사를 종종 긴장시켰다. 당신 몸에 열이라도 발생하면 비상경계다. 노인성 질환으로 여러 종류의 병을 갖고 있었다.

환자는 젊은 날 ○○신문 편집장을 지냈다. 문고판이라도 들고 있으면 좋은 책을 읽는다고 좋아라 했다. 얼마 전 내 글이 실린 문예지를 드렸더니, 칭찬과 함께 진솔한 글을 써 달라 부탁했다.

사고가 나던 날, 반 년 만에 딸이 찾아왔다. 함께 외출하여 식사를 하고 곧바로 귀원을 했다. 딸이 떠나고 난 뒤 환자는 넋두리를 털어놓았다.

설에 다녀가고 다시 오지 않는 큰아들은 사업이 바빠 올 수 없고, 딸은 출가외인이라 자주 올 수 없으며, 월급쟁이 둘째 아들이 석 달에 한 번씩 병원을 방문하겠다는 자식들의 통보였다.

"유산 상속을 미리 하는 것이 아니었어. 제 어미가 죽은 것도 까다로운 애비 때문이라고 자식들이 원망하고 있다는구

먼…."

구구절절 쏟아놓는 환자의 이야기를 다 들어주지 못함이 가슴을 쳤다.

간신히 연락이 된 큰아들이 뒤늦게 왔다.

"우리 아버진 이렇게 떠나실 분이 아닙니다. 삶에 애착이 많은 분이었어요. 약은 또 얼마나 좋아하셨는데요…."

경찰 조사가 밤이 이슥하도록 진행되었다.

"자식들이 즈 아버질 죽였구만…."

경찰조사관이 소리치듯 말하며 환자가 쓰다만 편지를 덮고 일어섰다.

소리 없는 살인자 우울증이었다. 우울증 자살은 회복기에 발생한다. 험한 세상을 살아가기가 버거운 것일까. 퇴원을 앞두고 가장 많이 발생한다. 가성치매라고 불리는 노인성 우울증은 치매보다 급성으로 발병한다. 우울해진 뒤 인지장애가 오고 유발 인자가 뚜렷하며 경과가 짧게 진행되는 특징이 있다.

늘 웃는 얼굴로 신앙생활을 했다. 마지막 떠나는 날까지 새벽기도를 다녀왔다. 그 아픈 우울의 늪을 누가 알 수 있었을까. 빈 침상을 바라보며 마음을 헤아리지 못한 회한으로 오랫동안 고통스러웠다.

환자에게 소원이 하나 있었다. 한 달에 한 번쯤 아들이 찾아와 함께 목욕하고 이발을 하는 것이었다.

치매

'두만강 푸른 물에 노 젓는 뱃사공 …'

노랫소리가 복도를 지나 간호사실까지 들려온다.

"선생님, 학교 가게 가방 좀 주세요."

아침 회진 시간, 어르신은 책가방을 내놓으라 재촉한다.

"학생은 어저께 졸업했잖아요."

간호사의 다정한 대답이다.

"아참, 그랬지!"

환자는 뒷머리를 긁으며 옥상공원으로 나간다.

종합시장에서 평생 지물 도매업을 한 할아버지다. 입원이라기보다는 특실에 기거하고 있다는 표현이 어울린다. '돈키호테' 같은 모습으로 충실한 시종 '산쵸' 간병사가 그림자처럼 곁에 있다.

병실 벽지의 작은 꽃무늬를 보고 '벌레다'라고 소리를 지르며 효자손을 높이 든다. 새하얀 침대 시트 위로 바퀴벌레가 기어간다고 한밤중에 난리 법석인 환자, 부인도 못 알아보는 중증 알츠하이머다.

할아버진 젊어서 바람기가 있어 주변에 여자가 많았다. 상대적으로 치매가 빨리 찾아왔다. 젊은 여인들이 하나 둘 당신 곁을 떠나자 부인과 가족을 괴롭히기 시작했다. 여러 병원을 떠돌다 마지막으로 찾아온 곳이 요양병원이다. 환자의 간병사는 휴일이 없다. 가족 모두 해질녘이면 훌훌 떠나버리곤 했다.

입원 육 개월이 지나고 환자의 병에 차도가 있었다. 로비에서 장기를 두고 동화책을 읽는 등 안정을 찾으셨다. 어느 날, 할머니가 할아버지를 돌보기로 하고 간병사를 휴가 보냈다. 그날 밤, 사건이 발생했다. 할머니의 갈비뼈가 골절된 것이다. 한밤중 침상에서 내려와 돌보는 사람을 치근덕거리는 구십 노인이다. 남녀 구별조차 못하는 할아버지를 건장한 남자 간병사가 제압하고 있었다.

치매는 여러 증상으로 나타난다. 내 것에 대한 집착이 심하여 도벽망상이 생긴다. 돈을 잃어버렸다, 고무신을 훔쳐갔다, 빛바랜 걸레가 되어버린 속옷을 훔쳐갔다는 치매 할머니들 이야기는 편집하지 않은 코미디 드라마다. 여벌의 헌 속옷을 챙겨 두고 간병사들은 종종 연극을 한다. 또 당신 마음에 들지 않으면 입에 담지 못할 욕을 하는 욕쟁이 어르신도 있다. 지는 해는 아름답지만, 병이 들어 저무는 인간의 모습은 곱지도 아름답지도 않다.

질병관리본부는 치매 예방을 위한 3대 원칙을 제시하고 있다. 첫째, 두뇌와 신체 활동을 많이 한다. 둘째, 체중과 혈압 혈당을 최대한 낮춘다. 셋째, 술과 담배를 끊는 일이다. 운동을 꾸준히 하며, 독서와 일기 쓰기, 퍼즐 맞추기 등은 매우 유익하다. 여행은 물론 외국어 공부나 악기 배우기 등 새로운 것을 학습하는 것은 치매 예방에 도움이 된다. 가족이나 친구와 함께하면 더욱 좋은 결과를 기대할 수 있다.

부인을 누님, 또는 엄마라고 부르는 남편을 위해 할머닌 음식을 정성껏 만들어 주일마다 빠짐없이 찾아온다. 서로 끌어안는 부부 상봉 장면은 유럽 영화 같다. 늙으면 자식보다 부부밖에 없다는 것을 노부부를 통해 실감한다.

부부의 이상理想은 같은 날 죽는 것이다. 죽음까지 공유할 완전한 사랑이 존재할까.

미국 워싱턴공항 찰스스넬링 회장 부인은 육 년 동안 치매를 앓았다. 그는 아내의 손과 발로 살다가 함께 떠났다는 오늘 아침 신문기사를 읽었다. '부인을 수발하는 것은, 60년 동안 자신을 뒷바라지한 빚을 갚는 일'이라 했다. 자식에게 보낸 편지에 '우리는 행복에 대한 희망이 사라진 뒤까지 살지 않기로 했다'고 썼다. 부부로 산다는 것은 서로 닮아가며 스며드는 것이 아닐까.

한이 많으면 설움도 깊다

일일 드라마가 방영되고 있다. 병실 복도로 흘러나오는 캐릭터 강한 여류 탤런트의 음성이 높다. 시집살이를 시키는 장면인가 문틈 사이로 어르신들의 목소리가 점점 커지고 있다.

우리나라 드라마에서 연민을 불러일으키는 단골 장면이 있다. 모진 시어머니와 착한 며느리, 뻔한 스토리이지만 매번 짠하다. 결국 주인공은 병에 걸린다. 시청자들의 분개와 안타까움은 극에 달한다. 나름대로 의학적인 근거가 있다. 크고 작은 일을 당하며 속으로 삭이고 참는 성격은 화병火病

의 발병률이 높다.

화병은 미국 정신의학회에서 'HWA BYUNG'이라는 명칭으로 정식 등록된 질병이다. 한국민속증후군의 하나로 '분노의 억압'에서 발생한다. 한恨이라는 감정과 화병은 똑같은 공통 경험에서 나온다. 한은 오래 전 경험을 극복했거나 체념을 한 잊혀진 휴화산이다. 재로 덮혀진 불씨라 하겠다. 그러나 화병은 불안전하게 억제된 감정으로 과거뿐 아니라 현재도 지속되고 있는 질병이다. 우리나라 여자들만 걸리는 대한민국 여인병이다.

황야의 흙먼지를 일으키며 말을 모는 인디언, 갑자기 멈춰서 자신이 달려온 먼짓길을 돌아보고 있는 그림을 바라본다. 너무 빨리 달리다보니 미처 따라오지 못한 영혼을 기다리고 있는 것일까.

지금 우리 사회는 아날로그에서 디지털 문화로 바뀌면서 변화가 매우 빨라지고 있다. 다중 속의 고독으로 풍요 속에 빈곤이 흔해졌다. 사회와 자식들이 당신을 버렸다 생각하는 요양병원이나 시설에 있는 어르신들, 대화가 없는 가정에 홀로 있는 노인들 모두 쓸쓸하고 외롭다.

할머닌 평소 얌전히 누워 있다가 갑자기 벌떡 일어나 간호 사실로 나온다.

"선생님, 여기가 아파요. 빨간약이라도 좀 발라 주세요."

앙가슴을 벌리고 작은 주먹으로 친다. 늘 가슴이 도려내듯 아프다는 할머니. 한이 많으면 설움도 깊다고 했던가? 고된 시집살이를 참아냈고, 오래 전 시어머닌 하늘나라로 떠났지 만 환자의 마음에 병을 남겼다. 지워지지 않는 화인火印의 무 게 화병이다.

"가는 날이 왜 이렇게 머냐…."

진통제 한 개를 손에 꼭 쥐고 넋 나간 사람처럼 천장을 바 라보다 돌아서는 할머니의 푸념이 아프다.

고독한 것은 인간의 본질이다. 나만 외로운 것이 아니다. 삼라만상 모두가 외롭다. 외로움은 상대적이다. 사랑이 결핍 되면 더 외롭고 고독하다. 고독은 존재적이고 절대적이다. 나이 들어가며 외로움을 견디는 연습이 필요하다.

환자가 처음 입원을 하면 상실감으로 절망과 좌절에 빠진

다. 요양병원 생활은 적응기간을 필요로 한다. 얼마 동안은
가족과 면회를 금지시킨다. 환자는 의료케어에 대하여 저항
을 하고, 잠을 안 자는 등 소란을 피우곤 한다.

한 달쯤 후, 옥상공원에서 언제 그랬었냐는 듯이 할머니들
과 농담을 건네고 있는 어르신을 흐뭇하게 바라본다. 그러나
나무 벤치에 미동도 없이 홀로 있는 환자도 있다. 삶의 끄트
머리에서 운명의 줄을 놓아 버린 치매환자다. 오직 자기만의
세계에 빠져 있다. 과거를 추억하는 듯 고뇌의 얼굴로 그리움
을 훑고 있다.

우울이라는 병

텔레비전 속 어머니의 통곡이 가슴을 울린다. 뜨거운 것이 화면 위로 흐르고 눈시울이 점점 덥혀진다. 나이가 들어가는 탓일까. 세상을 바라보는 내 눈에 슬며시 물기가 어리는 날이 많아지고 있다.

최근 들어 유명 연예인의 자살이 꼬리를 문다. 왜 하나밖에 없는 목숨을 버려야 했을까? 그들은 모두 우울이라는 검은 늪 속에 갇혀 있었다.

그녀는 아름답고 재기 넘치는 배우였다. 그녀의 대표 드라마처럼 '불새' 되어 날아가 버린 미모와 젊음이 아쉽다. 연예인이라는 직업의 특수성은 대중의 인기와 사랑을 먹고 산다. 젊은 나이에, 물거품 같은 그 허무를 견디지 못해서일까? '자살은 곧 그 사람의 진실한 고백이다.' 하지만 그것이 가난이었든 사랑이었든 자살은 용기 있는 이의 행동이 아니다.

빗소리와 함께 들리는 벨소리에 현관문을 열었다. 맙소사! 화장기 없는 얼굴, 허름한 트레이닝복 사이로 장맛비가 뚝뚝 떨어지고 있다.

"선배 보고 싶고… 비가 좋아서-요."

긴 속눈썹을 파르르 떨며 뜨거운 차를 마시는 시인은 환자였다. 조증躁症과 울증鬱症이 교차되는 양극성 장애 조울증이다. 조증이 오면 기분이 크게 상승되어 짙은 화장과 화려한 옷차림으로 기쁜 일이 아니어도 입가에 연신 웃음을 담는다. 그러다 울증이 오면 의기소침하고 불안해하며 두려워한다. 심하면 땅이 꺼질듯 감정이 내려가 자살충동까지 느낀다고 했다. 그러나 아름다운 서정시를 쓰고 남편과 아이들을 위해 요리하기를 즐기는 보통의 가정주부다.

늘 세련된 옷차림과 화사한 미모의 그녀는 뛰어난 감성을 지닌 중견시인이다. 어려 불치병에 걸린 어머니의 가출로 계모 밑에서 자랐다. 외로워서 결혼을 했다는 그녀지만 정작 남편과는 정이 없다. 사랑을 받고 자란 사람이 사랑을 베푼다고 하였다. 어쩌면 사랑하는 법을 모르는가 싶을 만큼 타인에게 정을 내리지 못하였다.

두 개의 얼굴을 갖고 있는 이중적인 질병 조울증.

멜랑콜리Melancholy의 전형이라 할 수 있는 햄릿은 현대의학으로 보면 우울증 환자였다. 항상 검은 옷을 입고 회의적이며 죽음을 생각한다. 멜랑콜리는 기원전 4세기 울증melancholia이라는 이름으로 히포크라테스가 기술해 놓았다.

우울증의 원인은 일상생활의 스트레스다. 부모를 잃는 것과 같은 어린 시절의 큰 상처는 성인이 된 후 우울증에 걸릴 확률이 높다. 한때 유전으로 보았지만, 최근 들어 중요한 사람의 상실이나 직업적 긴장 등을 스트레스로 보고 있다. 무기력과 절망, 의욕상실 같은 심리적 증상이 두통과 복통, 빠른 심장 박동 같은 신체 증상으로 나타난다. 더욱 중증 환자의 일부는 자살을 시도하는 무서운 질병이다.

최근 유명 연예인들의 자살 이후 '생명의 전화' 상담실로 하루 육백여 통의 전화가 폭주한다고 한다. 베르테르 효과 (the Werthers Effect)다. 18세기 문호 괴테의 소설 〈젊은 베르테르의 슬픔〉 발표 후, 유럽의 수많은 젊은이들이 주인공의 행동을 따라하는 현상으로 당시 유럽 지식인 사회를 흔들었다.

우리나라 자살율이 OECD 국가 중 세계 1위다. 하루 50명의 목숨이 세상을 버리고 있다. 자살 왕국이었던 서유럽은 우울증에 대한 경각심과 사회적 예방장치로 자살을 어렵게 만든 결과 자살율을 극소화시켰다. 1960~70년대 미국에서 '자살이 개인의 선택이냐, 국가가 개입할 사안이냐'를 놓고 치열한 논쟁이 벌어졌다. '자살은 예방이 가능한 사회적 문제'라는 결론으로 수렴되었다.

잘 사는 법만 가르칠 일이 아니다. 난관을 극복하는 방법을 적극적으로 가르쳐야 한다. 몇 초짜리 '자살예방 공익광고' 정도로 죽음을 부르는 사람들의 행진을 멈추게 할 수 있을까? 이제는 가정과 학교에서 삶의 자세만 가르칠 것이 아니라, 언제 찾아올지 모르는 죽음의 문제를 교육과정 속에서 어떤 식으로든지 적극적으로 다루어야 할 때다.

우울증은 가장 흔한 정신질환이다. 감기나 혹은 뇌졸중처럼 누구나 걸릴 수 있는 질병이다. 또 열 명 중 한 사람은 일생 한 번 이상 우울증을 경험한다고 한다. 어떤 병이든 조기치료와 증상에 따른 대처가 중요하다. 흔히 자신이 병에 걸린 것을 의식하지 못하는 가면성 우울증에 빠진다. '나는 괜찮아, 견딜 수 있어'가 아니다. 자신의 병을 직시해야 한다. 배가 아프면 내과를 가야 하고 이가 아프면 치과엘 가듯 마음도 아프면 병원엘 가야 한다. 그러나 대다수가 정신신경과 가는 것을 기피하고 싫어한다. 무엇보다 우울을 병으로 인식하는 인식 전환이 필요하다.

자연 치유도 되는 우울증이다. 그러나 무관심하고 그대로 방치하면 환자와 가족 모두에게 고통을 주는 만성우울증이 된다. 우울하면 뭔가 일을 하라. 일을 하고 있었으면 또 다른 일을 생각하라. 우울에게 결코 마음의 길을 내주지 말라. 끊임없이 그것에 대항하라. 애벌레는 자신을 감싸고 있는 껍질은 물론 작은 돌멩이조차도 위기이며 고통이다. 그러나 나비로 탄생되면, 모두가 유유자적하게 바라볼 수 있는 하늘 아래인 것을….

일상의 틀을 벗고 하늘을 나는 나비가 되자. 몸도 마음도 평화로운 한 마리의 나비가 되라. 자살을 입속으로 열 번을 반복하면 '살자'가 된다는 우스갯말이 있다. 자신을 사랑하는 사람은 결코 자신을 버리거나 포기하지 않는다.

우울은 늪이다. 나오려 하면 더욱 빠져드는 병이다. 그러나 가족과 친구, 주위의 따뜻한 관심과 사랑이 가장 훌륭한 치료자이며 명약이다.

DNR 동의서

　종합병원이나 요양병원 입원을 하기 위한 통과의례가 있다.

　DNR(do not resuscitation)동의서를 작성하는 일이다. 임종을 맞는 환자의 존엄을 위하여, 무의미한 연명치료를 할 것인가 아닌가에 대한 사전 동의서다. 내용을 살펴보면 심폐소생술, 인공호흡기 사용금지, 기관 내 삽관 거부, 심폐소생 약물 금기 등이다.

　깨끗한 피부의 소녀 같은 여자는 악성 뇌암인 교모세포종이다. 입원수속을 하는 남자는 DNR 동의서에 눈길도 주지 않고 '생각해 본 적이 없다'고 말했다. 악성 말기 암 부인을 두고 동의서를 모르쇠 한다.

　　대학병원 외진을 다녀온 남자의 얼굴빛이 어둡다. 환자에게 두서너 달의 시한부 삶을 선언한 것이다. 환자의 마지막을 보기 위해 지인들이 줄을 잇는다. 안정이 필요한 환자에게 바람직하지 않은 일이다. 그러나 다시 못 볼 얼굴을 만나러 오는 가족을 누가 막을 수 있겠는가. 친정어머니와 아버지가 찾아왔다. 딸의 얼굴을 피해 손수건을 적신다. 뇌기능이 축소된 아이 같은 환자는 여전히 생글거리고 있다.

　　석 달이 훌쩍 지났다. 초조해진 얼굴로 남자가 물었다.

　　"아내의 삶이 얼마나 남은 것 같습니까?"

　　"하느님만 알고 계십니다…."

　　우리의 대답은 늘 똑같다. 남자는 말을 못하는 환자의 귀에 대고 오페라의 아라아처럼 '사랑합니다'를 멈추지 않았다. 환자의 팔 다리가 비정상으로 부어오르고 링거가 잘 주입되지 않는다.

남자는 DNR동의서에 서명을 했다. 후드득 소리가 들릴 것 같은 굵은 눈물을 흘리는 남자의 얼굴을 차마 쳐다보지 못했다.

사람은 사는 날까지 살고 그 다음 날 세상을 버린다. 그러나 죽는 날을 걱정하느라 사는 날도 그리 행복하지 못한 것이 사실이다. 흔히 암 투병이라 말을 한다. 투병이란 말은 잘못된 표현이다. 병은 치료하는 것이지 싸우는 것이 아니다. 완치가 안 돼도 사람은 병을 치료하며 살아간다. 만성질환인 당뇨병이나 고혈압 등은 더 좋은 약을 기다리며 살고 있다.

환자는 요단강가를 헤매고 있다. 이승에 대한 미련인가. 이튿날 남편의 고백에 5병동 직원들은 깜짝 놀랐다. 한 달 전 찾아온 친정어머니 가방 깊숙이 숨겨온 것이 있었다. 아무도 모르게 산삼 세 뿌리를 환자에게 먹인 것이다. 과호흡과 무호흡이 진행되어도 여인은 삶을 마무리하지 못했다. 지켜보는 가족의 기도조차 참담했다.

우리 병원 VIP 병실은 타 병원과 조금 다른 제도가 있다. 환자가 위급 상황이 되었을 때 중환자실로 옮기지 않고 보호자의 요청에 의해 1인실 병실에서 죽음을 맞는 경우가 왕왕 있다. 더욱 DNR 동의서가 있으면 링거와 산소호흡뿐 기초적인 의료 행위만 진행된다.

환자의 마지막 생명은 강했다. 며칠째 산소포화도(SPO₂)가 조금 떨어졌을 뿐 환자의 모습은 흐트러짐이 없다. 3일이 지속되었다. 가족의 요청에 의해 링거마저 제거 되었다. 이윽고 하루가 지나자 혈압이 잡히지 않고 산소포화도가 70% 이하로 떨어지기 시작했다. 환자는 가족에 둘러싸여 숨을 몰아쉬고 있다.

닥터의 사망 선고가 내려졌다. 문틈으로 남편의 통곡소리가 무겁게 흘러나온다. 아무렇지 않은 듯 기계적으로 몸을 움직이지만 나는 속울음을 울고 있다.

"우리 모두 이과 출신인데, 선생님만 간호대 문과잖아요…."

동료의 말에 그냥 웃는다. 환자의 마지막을 지켜보기가 고통스럽다. 이성적이고 냉철해야 하는 의료인답지 않고 가슴이 울컥해지는 것은 어쩔 수 없다.

남자는 신을 벗고 침대에 올라가 숨을 거둔 아내의 뺨에 볼을 비비며 하염없이 눈물을 흘리고 있다.

인생은 언제나 과정이다. 죽음은 일상 속에서 끊임없이 삶의 영역으로 들어오는 생명 현상의 자연스런 귀결이다. 그러나 마지막 순간까지 어떤 모습으로 떠나게 될 것인가 누구도 알 수도, 말할 수도 없다.

나머지의 반달

한 젊은이가 특실 병동에 입원을 하였다.

우수에 젖은 창백한 얼굴, 그는 유럽영화의 주인공을 연상시켰다. 두툼한 차트가 환자의 긴 병력病歷을 말해 준다. 환자는 좀처럼 병실 밖 출입을 하지 않고 늘 무언가에 골몰해 있다.

며칠이 지났다. 환자는 간호사실 탁자 위로 둔탁한 소리가 나게 약병을 내려놓으며, 음울한 목소리로 말을 한다.

"약이 아닌, 차라리 세월을 삼키고 싶습니다."

환자의 야윈 손에는 당시 구하기 어려운 결핵약이 들려 있다. 대학 재학 중 발병한 폐결핵의 재발로, 그는 마치 벼랑 끝에 서 있는 여린 나무 같았다. 순수해 보이는 눈빛, 그러나 젊음마저도 결핵균에 의해 잠식당하고 있는 듯했다. 이따금씩 발생되는 미열로 홍안紅顔이 되어 의사와 간호사를 긴장시켰다. 만성 결핵 환자인 그는 자신의 말처럼 세월을, 아니 외로움을 삼키고 있었다.

병실 너머로 어슴푸레 밝아오는 여명을 바라본다. 거대한 톱니바퀴 같은 대학병원의 밤 근무, 몸과 마음이 건강치 못한 사람들과의 만남은 내게 늘 상처로 남았다. 결핵은 호흡기 전염병으로, 의사와 간호사는 마스크를 쓰는 등 철저한 개인 위생과 소독 관리를 요한다. 특히 이른 아침은 결핵균이 가장 많이 배출되므로, 더욱 유의하지 않으면 안 된다.

애송이 시절, 마치 적진으로 뛰어들듯이 완벽한 모습으로 근무를 시작한다. 그러나 환자와의 인간적인 유대가 이루어지면서 자신도 모르는 사이 방심을 하게 된다. 그러기에 아주 가끔씩 의료진에게 감염되어, 환자와 같은 병상에 눕는 일이 발생하기도 한다.

어느 오후, 낯선 바구니가 간호사실 책상 위에 놓여 있다.

사탕과 초콜릿이 소복한, 앙증스런 바구니다. 달, 별모양의
아기자기한 모습으로, 보낸 이의 정성과 마음이 그대로 담겨
있다. 그러나 작은 기쁨을 준 선물은 마음으로만 간직해야
했다. 언제나 원칙을 지키며 책임감이 강한 수간호사에 의해
휴지통에 버려지고 말았다.

환자에게 외출 허락이 떨어졌다. 어린아이처럼 좋아하는
모습은 바라보기조차 측은하다. 1박 2일의 짧은 외출 후, 병
원으로 돌아올 때 그는 해맑은 얼굴이 되어 있었다. 김지하
시인의 시집이 손에 들려 있다. 내게 건네주며 시인에 대한
열띤 강론을 펼치기도 했다. 나는 흰 가운의 간호사이기 전
에, 외로운 그에게 다정한 누이이고 싶었다. 어쩜, 따뜻한 연
인이고 싶었는지도 모른다.

추적추적 장맛비가 내리고 있었다. 그는 병원 규칙을 어기
고, 외출에서 돌아오지 않았다. 환자의 빈 차트만 뒤적거리
는, 여름날은 길었다.

장마가 끝날 즈음, 환자는 수척한 모습으로 돌아왔다. 그
날 밤, 병실은 오래도록 불빛이 꺼지지 않았다. 이튿날 아침,
그의 머리맡에 수북이 쌓여 있는 오선지 위로 선홍색의 핏방

울이 번져있는 것을 발견했다.

그는 더욱 창백해진 얼굴로 내게 다가왔다. 작별의 인사였던가. 앞으로 내밀던 손을 급히 뒤로 감추며 말없이 돌아섰다. 신속하게, 그리고 조용히 환자는 결핵병원 수술실로 후송되었다. 그가 떠나고, 나는 무엇에 이끌리듯 빈 병실로 향했다. 침상 위 여기저기 흩어진 악보에는 쓰다만 노랫말이 남겨져 있었다.

그대 환한 미소는
내 마음의 달
천사 같은 그대는
내 나머지의 반달이오

그 해 가을, 나는 알 수 없는 심한 열병을 앓았다.

나는 행복하고
싶다

아름다운 인연으로

TV에서 특집으로 '버려지는 아이들'을 방영한다.

낙태로 희생되고 있다. 더러는 운 좋게 태어났음에도 선천성 기형아인 까닭에 버려지는 경우도 있다. TV를 바라보고 있으려니 가슴이 아려온다.

나는 갓 졸업한 애송이 간호사였다. 종합병원은 그야말로 천태만상이다. 맨 처음 신생아실에서 근무를 하게 되었다. 신생아실은 사랑스럽고 귀여운 아가들의 울음소리가 진동을 한다. 한 아기가 울음을 터뜨리면 비 온 뒤 논배미의 개구리들처럼, 이웃한 아이들이 와르르 울어댄다. 우리는 그것을 두고 '천사들의 합창'이라 불렀다.

신생아의 출생은 다양하다. 달을 못 채우고 태어난 조숙아가 있는가 하면, 달을 넘겨 태어난 과숙아도 있다. 엄마 뱃속에서 열 달을 넘긴 지각생이다. 일컬어 올드 베이비old baby라한다. '올드'가 상징하듯, 온몸이 주름살 투성이라 웃음을 자아내곤 했다. 그러나 어느 형태이든 엄숙한 탄생을 두고 웃어서는 아니 될 일이었다. 또 유전이나 약물 중독으로 토순(언청이)으로 태어나는 수도 있다. 그런 아기들은 젖을 빠는 능력이 부족하여 참을성 있게 우유를 먹여야만 했다.

출생 이면裏面의 사연은 더욱 다양하다.

미혼모가 있었다. 아직 부모의 사랑과 보호가 필요한 나이에 덜컥 한 아이의 엄마가 되어 버렸다. 아이를 낳을 때, 신음소리 한 번 안 내더라며 분만실 선배 간호사가 혀를 내둘렀다. 다음날 아침, 단발머리 미혼모는 아이를 놓아둔 채 병원을 빠져나가 달아나버렸다.

딸 부잣집 엄마의 이야기다. 내리 여덟의 딸을 둔 산모의 탄식은 아직도 내 기억 저편에 아릿하게 남아있다.

"이것아, 그렇게 욕심이 없더냐. 어미 창자라도 뜯어내어,

고추를 만들어 달고 세상 밖으로 나오지. 아이구 내 팔자를 어찌 할까나.”

그녀는 5대 독자 며느리였다.

더욱 안타까운 기형아 엄마가 있었다. 늘 큰언니 같이 넉넉하고 눈이 먼저 웃는 수간호사가 침착한 목소리로 근무 보고를 시작한다.

“기형아가 출생하였습니다. 가족들은 아이를 보려 하지도 않아요. NPO(금식)를 요구해요. 아마 이틀을 넘기지 못할 것 같습니다.”

아기의 얼굴은 핏기라곤 없었다. 제 주먹 크기만 한 검고 칙칙한 혹이 이마를 덮고 있었다. 이마의 혹엔 머리털이 송송 나 있어, 두 개의 얼굴을 지닌 듯 보였다. 전래동화 속 ‘아기 도깨비’ 모습 그대로였다. 그러나 용케도 이목구비는 반듯했다.

“사내애라면 어떻게라도 키워 보겠는데요, 계집아이라….”

일그러진 얼굴 위로 굵은 눈물을 떨어뜨리던 혹부리 엄마, 또 그렇게 떠났다.

가엾은 천사는 작은 인기척에도 입을 내두르며 가늘게 울고 있다. 부모는 젖 한 번 물려보지 않은 채, 안락사를 원했던 것이다. 엄마는 흉한 모습으로 자라나 천시 받으며 살아갈 딸자식의 장래를 생각했으리라.

사흘이 지났다. 신생아실에 들어서니 아기 도깨비의 침상은 깨끗이 치워져 있다. 수간호사는 나를 흘깃 바라보며 혼잣말처럼 내뱉었다.

"참 알 수 없는 일이야, 아이가 어떻게 사흘이 넘도록 살아 있었는지…."

그러자 주위의 모든 시선들이 애송이 간호사인 내게로 날아와 꽂혔다. 나는 도망치듯 신생아실을 뛰쳐나왔다.

아기 도깨비는 아사餓死후 해부학실로 옮겨졌다. 집도執刀한 의사들은 수술 후 서로 눈빛만 바라볼 뿐 아무런 말이 없었다. 흉물스럽던 혹은 외과수술로 말끔히 처치할 수 있는 양성의 혹이었다.

처절하리만치 가을 하늘은 아름다웠다. 나는 대학에서 간호학을 공부하였고 '나이팅게일 선서'도 하였다. 10년, 20년, 아니 한 평생을 백의白衣의 천사로 살고 싶었다.

그 일이 있은 다음날, 나는 시말서始末書를 대신하여 사표

를 썼다. 원장 수녀님은 영문을 몰라 했다. 그 날의 일을 치기
라고 몰아세워도 할 말은 없다.

　다시 TV에 눈이 간다. 안경을 닦아본다. 강보에 싸인 아기
가 엄마를 잃고 앙앙 울어대고 있다.

　나는 간절히 빌어 본다.

　오, 세상에 태어나는 모든 생명들이여!

　축복 받고 태어나라.

　아름다운 인연으로만 태어나라.

　버림받지 않을 영혼으로 태어나라.

어떤 웃음

대학병원 수술실 앞에서 긴 하루를 서성거렸다.

눈을 감고 숨을 죽여 기도를 한다. 공기는 마치 납덩이를 삼킨 듯 표정이 없다. 세상의 시계는 모두 멈춘 듯 꼼짝도 하지 않았다. 수술실 앞 화면 속의 아들 이름이 칠판만 해지더니 다시 손바닥처럼 작아진다.

오후 다섯 시, 수술의 종료를 알리는 모니터에 아들 이름이 보였다. 열 시간 만에 수술방을 나서는 백짓장 같은 아들의 얼굴. 몇 개인지 헤아릴 수 없는 링거와 비닐 호수가 온통 핏빛이다. 목수 연장 같은 쇠갈고리가 붕대를 칭칭 동여맨

아들의 다리 위에 수없이 꽂혀 있고 그 밑으로 무쇠추가 힘겹게 매달려 있다.

    팔삭둥이지만 건강하게 태어난 아이에게 위기가 닥쳐왔다. 인큐베이터 속 의료사고였다. 성인에게는 흔히 발생하는 질병이지만 신생아의 발병은 학계에 보고조차 없는 병이었다. 수술을 하여도 완치보다는 장애를 남기고, 수술을 하지 않으면 심한 불구가 되어 목숨을 잃을지도 모른다는 의사의 말은 악마의 소리였다.

    하얀 성탄절을 알리는 눈이 내리고 있었다.

    "지금껏 우리 집안에 병신자식은 없다."

    시어른들의 뼈를 저미는 말이다. 창 밖에 내리는 함박눈은 갑자기 바윗돌이 되어 종잇장 같은 내 심장 위로 굴러 내리고 있다.

    수술을 끝낸 중환자실에서 나는 그만 주저앉아 버렸다. 갓 난이의 온몸을 석고붕대로 휘감아 놓은 모습은 인큐베이터 속의 새하얀 눈사람이었다. 인큐베이터를 끌어안고 소리도 내지 못한 채 고장 난 수도꼭지처럼 뜨거운 눈물을 펑펑 쏟았다. 간호사들도 함께 눈물을 찍어냈다. 미숙아로 큰 위험과 부담을 안고 시도한 수술이었다.

삼십여 년이 훨씬 지난 일이지만, 가슴에 흑색 필름 같은 시린 영상이다.

대림절, 네 개의 초를 준비한다. 참회와 보속의 상징인 보라색 초, 조금씩 정화되어 가는 연보라색, 희망이 보이는 장미색, 성탄이 가까워오면 흰색의 초에 마지막 순서로 불을 밝힌다. 자신을 가장 많이 태워 제일 짧아진 진보라색 초 앞에서, 내 영혼의 초와 각기 키가 다른 네 개의 대림초를 바라보며 지난 삶을 돌아본다.

수술 전날 밤 집도의 앞에서 아들은 말했다.
"선생님 어떤 아픔과 고통도 견디겠습니다. 조금 부족한 제 한쪽 다리를, 건강한 다리와 똑같이 수술하여 주십시오"
순간 거대한 태풍이 가슴을 치고 간다. 늘 밝고 명랑한 아들의 모습에서 위로를 받고 있던 나는 참으로 못난 어미였다.
수술은 성공적이었다. 통증이 엄습할 거라고 주치의가 말했다. 진통주사 효과가 두 시간을 넘지 못했다. 아들은 처절하게 아픔을 삼키고 있지만 어미가 해줄 수 있는 것은 고작 두 손 모은 기도뿐이었다.

회복기에 접어든 아들은 목발까지 네 발로 걷고 있다. 수술 후 체중이 7킬로그램이 빠져 홀쭉해진 아들의 얼굴이 안쓰러워 퇴원 후 퍼머를 해주었다. 장안 화제의 드라마 주인공 미남 탤런트보다 더 잘생겼다는 어미의 호들갑에 모처럼 활짝 웃는다.

훤칠한 키로 반듯이 걸어 출근을 하는 아들의 뒷모습을 언제까지 바라본다. 내가 믿는 하나님께 그저 감사하고 고마울 뿐이다.

연전에 출간한 수필집에 아들에 관한 글이 실려 있다. 혹여 어미의 미거한 붓끝이 아들의 마음에 생채기를 남기지 않을까 조심스럽다. 문학 작품의 비평은 글을 낭떠러지로 추락시키는 혹평도 있다. 그러나 작가의 사고를 뛰어넘는 독자의 평은 글쓴이에게 작은 미소를 주기도 한다. 아픈 아들을 둔 가슴을 덥히려는 듯 늘 웃음을 잃지 않는 내 모습이 안쓰러워, 수필집 〈나머지의 반달〉을 덮으며 눈물을 펑펑 쏟았다는 지인의 말에 나는 그냥, 웃는다.

굴레

전을 부치고 나물을 다듬으며 목울대가 뜨거워지는 날이다.

향기 좋은 먹을 갈아 글을 쓰는 시아버지와 달리 어머닌 낫 놓고 기역자도 모르는 까막눈이었다. 깍듯한 예의범절로 홀시어머니를 모셨다. 뛰어난 음식 솜씨와 장 담그는 솜씨가 근동에 소문이 났다. 떠나신 지 십여 년, 살아계셨으면 올해 꼭 백수白壽다.

열다섯 살에 시집와 예순 한 해, 고초당초 매운 시집살이를 하였다. 시할머니 방에 줄지어 걸려있던 효부 표창장들, 파리똥과 함께 세월의 때가 누덕누덕 묻어있는 액자 속에는 시어머니의 행복과 눈물, 한이 서려 있었다.

"울 메느리가 팔십을 넘기더니 시에미 말을 안 들어."

호통을 내리던 시할머니, 종갓집 9대 독자 며느리로 들어와 3남 1녀를 키워낸 당당한 시할머니는 아흔여섯 장수하였다. 허리 펼 날 없는 일 년 열두 달, 세숫물을 받들고 할머니 방으로 들어가야 했던 어머니.

비누가 귀했던 시절 잿물을 내려 꽁꽁 언 냇가의 얼음을 깨고 빨래를 하였다. 바지랑대 높이 이불을 널고 언 손을 녹이는데, 무명 이불의 때가 덜 갔다고 흙 마당에 내던지며 고무신 발로 질겅질겅 밟고 들어가셨다는 시할머니. 고된 시집살이를 호랑이 담배 피우던 옛이야기처럼 들려주시던 어머니.

어느 해 할머니에게 어렵게 휴가를 받고 상경한 어머니와 함께 공중목욕탕엘 갔다. 힘든 농사일로 검버섯 가득한 얼굴, 살이라곤 없는 뼈만 앙상한 몸, 허리가 굽어 곱사등이가 되어버린 어머니의 작은 등을 밀며 가슴에 차오르는 뜨거운 것을 꿀꺽꿀꺽 삼켰다. 노쇠하여 점점 작아지는 애잔한 모습은 바라보기조차 송구했다. 뵐 때마다 막내며느리의 두 손을 꼬옥 잡으며 말씀하셨다.

"미안하다… 그리고 고맙다."

며느리에게 왜 미안하고 고마운지 돌아가실 때까지 한 번도 여쭈어보지 못했다. 어머님의 깊은 사랑을 그때는 몰랐다. 손자 재롱을 보며 기약한 사흘을 훌쩍 넘겼다.

갑자기 전보가 날아들었다. '모친 위독, 급래 요망'

"이 불효를 어찌할까나, 내가 임종을 지켜야 하는데."

할머니의 전보를 끌어안고 짐을 싸는 어머니의 모습은 참담했다.

황급히 본가에 도착한 어머닌 할머니 앞에 엎드려 눈물로 빌었다.

"누가 죽었노? 나, 암시랑토 안타."

시할머니의 거짓 전보였다.

할머니 돌아가시고 편히 모시려 하였다. 그러나 당신을 기다리고 있는 것은 잿빛 상청喪廳이었다. 삼 년 탈상을 주장하는 시아버지를 간곡히 설득하여 일 년으로 줄였다. 아침 저녁 정성으로 메를 올리고, 초하루 삭망이면 쪽머리 풀어 곡을 하셨다. 이웃에서 떡 한 접시가 들어와도, 뒤뜰 감나무 아래 홍시 하나가 떨어져도 살아생전처럼 고이고이 상청에 올렸다. 점점 쇠약해가는 어머닐 자식 모두 그냥 바라보아야 했다.

탈상 후에도 할머니 곁을 떠나지 못하고 흰옷을 고집하는 어머닐 서울로 모셔왔다. 긴장이 풀리는지 시름시름 하셨다. 욕실에서 넘어진 어머닌 중환자처럼 수척해 보였다. 골다공증에서 온 골반골절은 수술조차 할 수 없을 만큼 병이 깊었다. 애면글면 키운 오남매의 효도를 받아야 할 어머니 나이 여든여섯, 병이 들어 자리에 누워서야 자식의 봉양을 받았다.

석 달 후, 눈물 같은 진눈개비가 쏟아지는 날 어머니는 떠나셨다.

경술국치 1910년에 태어난 조선의 며느리. 열다섯에 출가하여 예순한 해, 육십갑자를 넘겨버린 시집살이. 병풍처럼 둘러싸인 관습과 인습의 굴레에 갇혀버린 어머녔다. 남편은 입버릇처럼 '우리 어머니만 같아라' 하였지만, 당신은 진

107

정 행복했을까? 척박한 이 땅에 태어난 여인의 굴레였다.

일 년을 겨우 넘기고 하늘나라에서 다시 만난 할머니와 어머니는 어떤 이야길 나누었을까.

나는 행복하고 싶다

꽃샘추위에 춘삼월이 아장거린다.

아버지는 봄을 타고 계셨다. 말짱한 벽지를 뜯어내 도배를 하시더니 부엌살림을 들여놓고 딸에게 연신 전화를 하신다. 며칠 뒤, 새어머님이 들어오셨다. 어머니 여의고 육 년째 되는 해다.

아버지 노년의 꿈은 고향에서 꽃과 사슴을 키우는 것이었다. 정년퇴직을 한 해 앞두고 찾아온 병마는 생의 행로를 바꾸어 놓았다. 아버지의 투병은 육체적인 고통보다 어머니를 잃은 외로움이었다.

고독한 아버지의 파수꾼인 새어머님이다. 나는 선녀의 나무꾼이 되어 새어머니 날개옷을 영원히 감춰 드리고 싶다.

묵은 앨범에서 흑백사진 한 장이 눈에 띈다. 멋스런 세로줄 무늬의 쓰리버튼 양복을 입은 남자 옆엔 앞섶이 두 뼘은 됨직한 저고리를 입은 수줍은 여인이 앉아 있다. 어색하게 팔짱을 낀 모습이 웃음을 짓게 하는 어머니 아버지 약혼사진이다. 돌려 드릴 수 없는 빛바랜 사진 속 추억, 너무도 소중한 아름다운 어머니 모습이다. 낡은 사진첩을 덮으며 명치끝으로 그리움이 매달려 온다.

고혹스런 몸짓으로 목련이 피면 내 봄앓이는 시작된다. 하얀 버선발로 뛰어나와 나를 부르는 것 같아 친정집 대문을 활짝 열었다. 이게 웬일인가. 아름드리 목련은 온데간데없이 사라지고, 가슴을 허옇게 드러낸 나무 밑둥만 마당가에 웅크린 채 있었다. 목련을 베는데 꼬박 사흘이 걸려 몸져 누우셨다는 아버지 음성은 들리지 않고, 목련을 끔찍이 사랑했던 어머니 얼굴이 목련꽃으로 피어나고 있었다.

양지녘 목련나무 아래, 한참 물오름을 하고 있는 새잎을 단 산더덕이 연두 빛깔로 줄을 타고 오른다. 할미꽃을 시작으로 키 작은 민들레, 보랏빛 제비꽃, 엉겅퀴 등 야생화가 쉴 새 없이 피고 지는 아버지의 정원은 들꽃의 잔치가 펼쳐지고 있었다. 봄볕에 얼굴이 검게 그을도록 들꽃을 들여다보고 계신다. 몸담을 수 없는 고향에 대한 애틋한 연민인가. 저문 세월의 끝자락을 잡고 있는 당신 생의 마지막 꿈이런가? 아버진 목련을 베어낸 자리에 사과나무 묘목을 심겠다고 하셨다. 나는 문득, 주치의가 선언한 아버지의 남은 여생을 헤아리며 물었다.

"아버지, 사과나무는 몇 년을 자라야 열매를 딸 수… 있나요."

'꼬끼요~' 닭장에서 모이를 쪼던 장닭이 한낮에 홰를 친다.

어려서부터 유달리 아버지를 따랐다. 친구들은 나에게 오이디푸스콤플렉스 환자라고 놀려댔다. 바라만 보아도 편안한 아버지다. 사범대학을 나와 교육자로 평생을 바친, 꽃과 동물을 사랑한 욕심 없는 분이다. 철이 들면서부터 나도 모르게 아버지 같은 사람을 찾고 있었다. 당신은 남들이 인정하는 멋쟁이였지만, 흰 와이셔츠만 벗으면 영락없는 촌부였다. 멀리 바라보이던 안개 짙은 금강, 집 주위로 내 키를 넘던 꽃숲길, 낮은 울타리로 넘나들던 벌과 나비, 아버진 흙과 나무를 사랑했다. 사계절 피고 지는 꽃내음은 아버지의 향기였고 사랑이었다. 당신은 아버지라기보다 영원한 내 연인이다.

흐드러지게 핀 벚꽃 아래 이름 없는 풀씨가 떨어진다. 때가 되면 하나의 생명으로 발아하여 풀꽃은 지천으로 피어난다. 여름 한철 소리 없이 피었다가 짧은 가을 숙살肅殺 속으로 갈무리하는 들꽃을 본다. 거부치 못하는 우주의 생리가 그렇듯, 해질녘 굽이진 길을 돌아온 아버지를 멀리 떠나보내 드려야 함이 진정 두렵고 애달프다. 힘든 하루를 지탱하는 당신을 보면 너무 쉬 살아가는 내 하루가 송구스럽다.

새어머님을 맞이하던 날, 웃음 반 눈물 반.

"나는 행복하고 싶다."

그것은 아버지의 절규였다.

사랑은 악보가 없어도
아름다운 음악이 만들어진다

한밤중 벌거숭이 아버지가 집으로 들어왔다. 아무런 표정 없이 누워계신 엉덩이 아래에 누런 똥이 잔뜩 묻어있다. 나는 얼굴 한 번 찡그리지 않고 깨끗이 닦아드렸다. 그러나 꼭 감은 아버지의 눈은 다시 열리지 않았다.

좀처럼 꿈을 꾸지 않는 나에게 떠나신 지 삼 년 만에 찾아오셨다. 다시 잠들기가 아쉬워 뒤척이고 있는데 전화벨이 요란스럽게 울린다.

"누나, 형님이 쓰러져 병원 응급실에 있는데, 의식이 없대요."

십 년 넘게 간경화로 투병중인 오라비 소식이었다. 순간 뒷머리가 당겨오고 있었지만 피식 웃음이 났다. 똥꿈 풀이를 떠올리며 날이 밝으면 복권이라도 사 볼까 생각하고 있었기 때문이다.

한걸음에 오빠가 있는 대전으로 달려갔다. 중환자실의 오라비는 인공호흡기로 숨을 쉬고 있는 식물인간과 다름없다. 링거에서 떨어지는 물방울처럼 오라비의 생명은 공중에 매달려 있다. 아버진 당신 꼭 닮은 맏아들을 데려가려 한다.

유월 장맛비 같은 눈물을 흩뿌리며 서울과 대전을 오르내렸다. 오라비는 간경화 말기의 식도 정맥류로, 이틀 후 의식은 돌아왔지만 심한 황달로 온몸과 각막이 노란 물감을 풀어놓은 듯하다. 급히 서울의 대학병원으로 옮겼다.

미루나무에 걸린 가오리연 같은 오라비의 생은 일주일, 길어야 한 달을 선고받았다. 오라비를 살릴 수 있는 것은 간이식 뿐이다. 사 남매가 형제애로 모두 나섰다. 간을 줄 수 있는 사람은 같은 혈액형의 딸과 O형의 올케언니, A형을 가진 나와 남동생이었다. 올케와 동생이 조직 검사에 들어갔다. 그러나 가장 먼저 팔을 걷어붙인 동생이 조직검사 부적합 판정이 났다. 점점 내 어깨가 무거워오고 있다.

"어머니의 몸은 어머니만의 것이 아닙니다."

아들이 내 결단을 가로막는다. 하나 뿐인 오라비에게 나는
간이 아닌 심장의 반쪽이라도 아낌없이 주어야 했다. 그러나
어느새 큰 나무로 자란 아들이 어미를 주저앉힌다. 고백하건
대, 죽음을 앞둔 오라비 앞에서 나는 이기적인 사람이었다.

"제가 아빠를 살리겠어요. 흉터 수술은 꼭 아빠가 해 주셔
야 해요."

대학 일년생 딸이 나섰다. 42kg의 코스모스 같이 가녀린
조카딸. 올케가 간곡하게 말린다. 인체해부학적으로 남자에
비해 여자의 간은 작다. 두 사람의 간이 필요했다. 올케와
조카가 간 공여자로 수술 일정이 빠르게 진행되었다. 그러나
수술 전날 조카의 간수치가 껑충 뛰어올랐다. 복수가 차서
숨쉬기도 어려운 만삭의 오라비 얼굴은 아예 잿빛이다. 피를
말리는 하루하루가 이어지고 2차 수술 계획이 세워졌다.

"고모, 열일곱 시간 남았어요."

초저녁부터 시간을 카운트다운하고 있는 조카를 와락 끌

어안았다. 그러나 또 오르는 간수치, 다시 취소되는 수술 계획. 쉰셋의 오라비 얼굴 위로 뜨거운 것이 주르르 굴러 떨어진다. 수술의 계획과 취소를 반복하며 환자와 가족들의 마음은 점점 피폐해갔다. 조카딸은 명랑함으로 두려움을 가장하고 있었지만, 열여덟 여린 마음으로 내려가는 듯 다시 오르는 스트레스성 간 수치였다.

아침 일찍 병원으로 달려갔지만 벽시계 바늘은 여섯 시, 조카는 벌써 수술실로 옮겨져 보이지 않았다. 나는 정신 나간 사람처럼 동쪽과 서쪽 수술방으로 찾아다녔다. 조카의 얼굴 한 번 보여 달라고 간호사에게 간청했다. 수술 준비방 간이침대 위에서 약기운으로 잠들어 있는 창백한 얼굴, 안쓰럽고 대견한 조카딸을 바라보며 그 자리에 오래도록 서 있었다.

일곱 시, 다시 못 볼지도 모르는 오라비다. 딸에 이어 두 번째 수술복을 입고 있는 올케 언니. 창 너머로 뭉게구름이 떠 있는 팔월 하늘이 몹시 푸르다.

한 가족 세 사람이 할복(?)하는 참담한 가족사 앞에서 할 말을 잃는다. 20시간이 소요되는 길고 큰 수술, 이십여 명의 외과의사가 참여하는 대수술이다. 엄마와 딸이 아빠의 간을 새로 빚어내는 듀얼 간 이식(2:1)이다.

오빠는 무균실 안에서 죽음 같은 깊은 잠을 자고 있다. 이승과 저승 생존의 몸부림을 치고 있을 가여운 오라비를 위해 기도한다. 내 기도가 피안彼岸의 그곳까지 닿지 않는가 보다. 가슴을 말리는 이틀이 지나갔다. 무거운 발걸음으로 중환자실 문을 밀었다. 창문 겹겹 투명 무균無菌실 속의 오빠가 고맙게도 정말 고맙게도 우리를 보며 손을 흔들고 있지 않은가! 나는 중환자실인 것도 잊은 채, 아이처럼 소리내어 통곡을 했다.

병원에서 맞는 오라비 생일이다. 작은 꽃바구니를 만들어 병원으로 갔다. 생일 축하한다는 누이의 말이 채 끝나기도 전에 오빠는 아이처럼 울음을 터뜨렸다. 울보 남매다. 그때, "시계가 거꾸로 돌아가고 있다. 헬기가 병원 건물을 폭파하러 오고 있다."

뜬금없이 소리친 사람은 오라비였다. 눈빛을 번뜩이며 자신이 수술한 사실을 의심했다. 소금기라곤 없는 병원 식이

짜다며 입에 대지 않는다. 수술 전후 사십여 일을 링거에만 의존한 채 금식이었다. 더욱 장시간의 수술로 혈과 기가 탈진된 오라비는 망상 증세를 보이고 있었다.

수술 칠일째다. 점점 맑아지는 오줌 빛깔, 각막 속의 오렌지빛 황달이 조금씩 빛바래간다. 코를 중심으로 검은 구름 같은 반점이 벗겨지고 있다. 간이 제 기능을 발휘하고 있는 것이다. 무균無菌 병실로 옮겨진 오라비의 병세는 빠르게 호전되고 가슴을 쓸어내리던 망상증세도 소멸되었다.

남편에게 간을 내어 준 아내, 또 아빠에게 간을 뭉텅 떼어 준 딸, 한 달 넘게 아빠를 간병한 큰딸!

사랑은 악보가 없어도 아름다운 음악이 만들어지고 있었다.

겨울 낙엽

삼월 달빛 아래 첫날밤을 훔쳐보고 있다.

키득거리는 여인들의 웃음이 들리고 오촌 아재들의 굵은 목소리도 어둠 속에서 간간이 울렸다. 이윽고 방안의 불이 꺼졌다. 그러나 사람들은 방문 앞을 떠나지 않고 찢어진 문구멍에 머리를 맞대고 있었다.

고모는 내가 일곱 살 되던 해 중매로 시집을 갔다. 분을 바른 것 같은 하얀 얼굴의 신랑은 서울에서 살며 부자라 하였다. 가슴에 하얀 손수건을 단 초등학교 일학년 하굣길, 노란 시발택시가 뽀얀 먼지를 일으키며 산모퉁이를 돌아간다. 진달래 빛 저고리를 입은 고모가 옷고름으로 눈물을 찍어내고 있었다.

고모가 시집으로 떠난 후, 집안의 분위기가 예사롭지 않았다. 엄한 할머니의 울음소리가 잠결에 들렸다. 고모가 그렇게 행복하게 사는 것 같지는 않았다.

신랑은 혼인 사흘 후부터 신방에 들어오지 않았다고 하였다. 내 고모는 소박데기였다. 이듬해 딸을 낳았다. 아이는 백일을 겨우 넘기고 포대기에 싸인 채 생부에게 전해졌다. 우리 오남매를 모두 업어 키워준 정 많은 고모가 겪어야 했을 마음의 고통은 짐작만 할 뿐이다.

고모는 가문의 첫 이혼녀였다. 고향에서 고모를 볼 수 없었다. 그리고 십 년 후 고등학교에 입학하던 해 서울에서 고모를 만났다. 곱던 새색시 고모는 중년아줌마가 되어 서대문에서 살고 있었다. 재혼을 한 고모는 만삭의 몸이 되어 오르내리는 문간방 툇마루가 좁아보였다. 당시 흑백 텔레비전 드라마가 집집마다 이야깃거리였다.

"나는 TV연속극을 못 본단다. 모두 내 이야기 같아서…."

여인은 아내와 어머니, 딸이라는 끊을 수 없는 세 고리로 연결되어 있다. 그 인연의 끈을 진작 놓아버린 고모였다. 딸 소식이 궁금했지만 나는 묻지 않았다.

시골집으로 돌아오는 날, 고모는 부엌 찬장 속에서 오십원 지전을 꺼내어 내 손에 쥐어주며 '조카는 공부 잘하고 훌륭한 사람이 되어 한다' 말했다. 나는 그 돈을 책갈피에 끼워두고 고모를 보듯 들여다보곤 했다.

고모의 딸을 만난 것은 내가 결혼을 해서다. 재혼을 한 아버지를 떠나 친할머니 곁에서 외롭게 자라고 있었다. 고모를 꼭 빼닮은 모습이 어찌 그리 애잔한지 눈물이 왈칵 쏟아졌다.

그애는 대학 입학 후 엄마를 처음 만났다고 했다. 슬픈 드라마 같은 그날의 이야기는 몇 번을 들어도 가슴에 낮은 비가 내린다. 지금도 모녀가 만나는 날은 끼니도 거른 채 마주 앉아 눈이 퉁퉁 부은 채로 헤어진다고 했다.

고모는 재혼하여 두 아들을 잘 길러냈다. 그러나 고모의 불행은 멈추지 않았다. 간경화 진단을 받고 입원과 퇴원을 거듭했다. 만삭의 여인처럼 배에 복수가 찬 고모는 비참했다.

가을이 떠나고 된서리가 자욱이 내린 날 고모는 세상을 버렸다. 임종을 지킨 고모부에게 남긴 유언이 가슴을 헤집는다.

"당신에게… 유감이 많습니다."

고모부는 고모에게 딸이 있음을 당신 자식들에게 비밀에 부쳤다. 병든 어머니의 간병은커녕 병원 출입조차 자유롭지 못하고 입관식도 참석할 수 없었다.

"내 어머니가 돌아가셨는데 나는 왜 울지도 못합니까."고모의 딸아이는 몸부림까지도 안으로 삭여야만 했다.

하관식이 시작되었다. 가족들이 흙을 떠서 한 삽 한 삽 관 위에 뿌리고 있다. 갑자기 고모부가 딸아이를 찾았다. 영구차 뒤를 그림자 되어 따라온 그애는 엄마의 관 위에 이승의 마지막 흙을 눈물로 뿌렸다. 어린아이처럼 엄마를 부르는 피울음 소리가 큰 산에 메아리쳤다.

"정말 미안하구나, 내가 잘못했다."

메마른 고모부의 목소리와 함께 겨울 낙엽이 부르르 떨며 그들의 어깨 위로 떨어지고 있었다.

이별 연습

잔인한 사월 무심한 봄이다.

노인정에서 담소를 하던 노인이 갑자기 쓰러졌다. 대학병원 응급실로 급히 달려갔다. 앉지도 눕지도 못하는 노인을 실은 휠체어 위로 링거액이 무겁게 매달려 있다. 여기저기서 들리는 신음소리, 의사 간호사의 큰 목소리, 앰뷸런스의 꼬리를 무는 경적소리….

대학병원 응급실은 전쟁터다. 환자를 실어 나르는 들것에 눕혀 있는 사람, 휠체어 위의 중환자, 차가운 시멘트 바닥 때 절은 매트리스에 누워 고통을 호소하는 사람, 침상에서 의사의 치료를 받는 이는 호텔 투숙객 같다.

시아버진 운이 좋은 편이라고 했다. 넓은 응급실 한 평 침대도 차지하지 못하고 새벽 세 시에 중환자실로 옮겨졌다. 뇌경색은 시각을 다투어 빠른 처치를 요하는 질병이다. 왼쪽 머리 위로 올라가는 굵은 경동맥이 좁아지다 못해 막혀버린 것이다. 오른쪽 팔과 다리에 마비증세가 왔다.

아침 일곱 시면 어김없이 중환자실로 들어선다. 수건을 빨아 가랑잎 같은 얼굴과 목을 닦아드린다. 툭 하고 시트 위로 힘없이 떨어지는 장작개비 같은 오른쪽 팔, 어른의 한숨 소리가 가슴을 헤집는다.

동그란 얼굴이 귀염성 있어 보이는 담당 간호사가 고집쟁이라고 놀린다. 중환자실 규정상 틀니를 빼놓았더니 당신 이를 내놓으라고 하루 종일 졸라댔단다. 평생을 농부로 살았다. 집 앞에 있는 논과 밭을 맬 때도 작업복과 외출복을 챙기는 깔끔한 어른이다. 틀니를 뺀 얼굴이 합죽이가 되어 보기 안쓰럽다. 중환자실에 누워서도 그런 당신 모습이 싫었던 것이다.

일주일 만에 아버님은 중환자실에서 병실로 옮겨졌다. 가족이란 우산 하나로는 다 가릴 수 없는 세상의 비를 함께 맞

는 사람들이다. 아들과 딸, 며느리, 손자, 손주며느리들이 당
번을 정해 병간호를 시작했다.

열흘이 지나자 불협화음이 생기기 시작했다. 누군가의 간
병인을 쓰자는 말을 못들은 척 일축해 버렸다. 우려했던 대로
불만이 터져 나왔다. 시간이 없다, 바쁘다, 모두가 입을 모은
합창 속에서 나는 말문을 걸어 잠갔다.

들고 간 과일을 받는 조카며느리의 얼굴색이 핏기 없이 하
얗다. 힘겨운 실랑이 끝에 뒤(?)를 본 할아버지의 엉덩이를
닦아주었다고 했다. 비위가 약해 점심도 거른 조카며느리,
말간 얼굴로 잠든 노인을 바라보며 갑자기 내 얼굴이 붉어진
다.

시고모가 병문안을 왔다. 사 남매 중 하나밖에 남지 않은
시아버지의 피붙이다. 당신도 칠순을 훨씬 넘겼다.

"오빠, 잠자듯 가버리지…. 백 살 채우려고 못 떠나셨소?
자식들 힘들게 하지 말고 빨리 가시오."

손수건으로 연신 눈을 훔치는 시고모에게는 노인과 똑같
은 병을 앓는 남편이 있다. 넉넉하던 몸과 얼굴이 반쪽이 되
었다.

노인정 친구들이 한꺼번에 병문안을 왔다. 북적북적해진 병실에서 오랜만에 웃음소리가 들린다. 갑자기 껄껄 웃던 소리가 흐느낌으로 바뀌었다. 시아버지의 봇물 터진 통곡 앞에서 순간 말을 잊었다. 자식들 앞에서 꼿꼿하던 어른은 아들 또래의 친구 품에서 무너진 것이다.

성당의 도움으로 독거노인 봉사를 하고 있다. 홀로 사는 할머니의 말동무다. 굴곡 많은 인생만큼이나 노인의 열 손가락은 갈퀴손이다. 류마티스 관절염으로 굽어진 손에 수지침을 놓아주면 참 좋아한다. 봉사 하루 전 날부터 이유 없이 설렌다. 문득 냉장고 속을 헤아리며 멸치, 미역 등 노인이 좋아할 품목을 찾아낸다. 해 저물녘 작은 임대아파트를 나서면 마음은 부자가 된다. 이제 바늘귀를 꿸 수 있게 되었다고 말하던 노인의 해맑은 얼굴이 내내 지워지지 않았다.

최고의 도덕이란 끊임없는 남을 위한 봉사라 하였다. 그러나 자신의 부족한 것을 채우며 스스로 만족을 얻는 것이 봉사다. 생각해보면 봉사조차도 나를 위한 것이니 무엇이 진정한 봉사인가.

구십을 넘긴 노구에 병을 얻은 시아버지의 간병을 자처했다. 노인에 대한 특별한 애정이 있어서가 아니다. 시아버지는 남이 아닌 사랑하는 남편을 낳아주고 키워준 부모다. 봉사가 아닌 '효'라는 이름이다.

이십여 년 전 세상을 떠난 친정어머니는 2 년여를 식물인간으로 살았다. 자식들의 누가 되는 것을 싫어하신 아버지는 입원 첫날부터 남의 손을 빌렸다. 돌아가시는 날까지 간병인이 어머니를 곁을 지켰다. 바쁜 오남매 누구도 어머니 곁에서 하룻밤 지새울 자식이 없었다. 맏딸인 나조차 직장과 세상사에 떠밀리어 간병은커녕 어머니 머리 빗질 한 번을 못해 드렸다. 세월이 흐를수록 뼈아픈 신문고申聞鼓가 되어 가슴을 친다.

늦은 밤 병원을 나선다. 낮 동안 노인을 보살피고 밤 당번인 남편과 교대를 한다. 머릿속은 천근이고 몸은 만근이다.

봄비가 내린다. 점점 거세지는 빗소리는 가슴을 오래도록 분무질한다.

무심한 봄, 저만치 와 있는 이별이 두렵다.

사랑을 배운다

'100세 장수 노인 크게 늘다'

신문의 제목이 눈길을 끈다. 노인의 날 정부로부터 청려장
靑藜杖 지팡이를 받은 백세 노인이 올 들어 사상 최고이고 현
존하는 어르신이 1만7천 명이다.

공자 삼락을 말하지 않아도 우리 부모들은 자식을 키우며
효를 근본으로 가르쳤다. 문명이 발달하고 핵가족화 되며 자
식들의 가치관과 의식도 변해갔다. 집집마다 거동하기 힘든
고령자와 치매노인은 늘어가고, 천륜이라 일컫는 부모 자식
간의 효마저 국가와 사회에서 관리하는 시대에 우리는 살고

있다.

"할아버지 연세가 몇이세요?"

"나, 구십하고 일곱."

"생신은요?"

"구월 십사일, 음력이야."

씩씩하고 자랑스럽게 아이처럼 대답한다.

"사시는 동네 이름이 뭡니까?"

질문을 하는 간호사 옆에서 말없이 기록을 하던 남자의 물음이다.

"몰라."

"어르신, 오늘이 며칠이에요?"

"그런 것 나는 몰라요."

버럭 소리를 지르는 시아버지와 노인 부양정책의 국민건강보험공단에서 나온 공무원과의 대화다.

구십 하나에 뇌경색이 발병한 시아버지는 술과 담배를 모두 끊으셨다. 아버님과 자손 모두 하나가 된 투병으로 일 년 후 회복되어 노인정 나들이를 하신다. 최고령답게 그곳에서 대장노릇을 하셨다. 쇠락의 끝인가, 세수 아흔일곱에 노환이 찾아왔다.

형님 내외가 시아버지와 함께 살고 있다. 팔십 노인이 백수 노인을 봉양한다. 바스라질 것 같은 노구에 눈과 귀가 밝아 작은 일에도 섭섭해하신다. 늘 저울에 단 듯 소식을 하고 식후 드시는 한 잔 술은 평생 건강한 절제를 보여주셨다.

아흔을 훌쩍 넘기고 틀니를 하였다. 백수노인에게 가당치 않다고 모두 반대했지만 '하루를 살아도 먹고 씹어야 하지 않겠느냐'는 남편의 주장이었다. 요즈음은 야채보다 고기를 더 즐겨 드신다.

시아버지를 집으로 모시고 오면 갓난아기 보살피듯 하는 남편이다. 해가 지면 아예 베개를 들고 아버지 곁에서 나란히 잠을 청한다. 오늘도 목욕 후 발라드린 스킨 냄새를 맡으려는 듯 남편은 킁킁거린다.

"아유, 이제야 우리 아버지 같네. 지린내 날 때는 우리 아버지가 아니었거든요."

마주보며 활짝 웃는, 꼭 닮은 아버지와 아들의 미소에서 사랑을 배운다.

치매 시어머니를 봉양하며 삼 년 넘게 대소변을 받아내야
했던 Y선생. 덩치 큰 시어머니와 전쟁 치르듯 목욕을 시키고,
뽀얀 모습이 예뻐서 엉덩이를 두드려 주었단다. 일주일을 넘
기고 아버님이 큰댁으로 거처를 옮기면 나는 Y선생에게 전화
를 건다.
"존경합니다. 그리고 사랑합니다"

올 설에는 대학을 졸업한 증손녀와 사십여 명의 자손들이
아버님에게 세배를 드렸다.
"큰아버지요, 이제 오래오래 사시라는 말은 몬 하겠니더,
고마 사시는 날까지 기쁘고 건강하게 사시소. 고손까지 봐야
않겠습니껴."
사촌 시숙의 너스레에 정월 초하루부터 박장대소했다.

소리 없이 웃는 얼굴이 해맑은 소년이다. 달콤한 과자를
즐겨 드시고 맛난 음식을 해놓으면 반찬만 집어 드신다.
"아버님 짜요."
볼먹은 내 음성에 멈칫하며 밥 한 술을 급히 뜬다. 생선

가시를 발라 밥수저 위에 올려놓는다. 편마비가 왔던 오른손이 조금 떨리며 굴비가 식탁 위로 툭 떨어진다. 다시 집어 입에 넣어드린다.

그림처럼 앉아계시는 거실 소파 밑으로 밥을 먹는 탁자 아래로 허연 살비듬이 한줌씩 떨어져 내리고 있다. 오줌 지린 내의를 하루 몇 번씩 빨아내며 비위가 요동을 친다. 하루에도 몇 번씩 무시로 마음을 비워낸다. 꼿꼿했던 아버님의 성품과 위엄은 찾을 길이 없다.

달그락 달그락 거실 소파에 앉아 사탕을 굴리는 시아버지의 틀니소리가 오늘따라 경쾌하다.

공주와
무수리

커피 앞에서

커피를 처음 마신 것은 중학교에 입학해서다.

서울에서 대학을 졸업한 도회적인 선생님이 부임하셨다. 언니가 없던 나는 몹시 따랐다. 며칠 후 담임선생님 자취방의 첫 손님이 되었다. 커피를 끓여 주었다. 꽃무늬가 그려진 예쁜 찻잔에 앙증스런 작은 숟가락이 놓여있다. 순간 어떻게 먹어야 하나 고민하다 찻수저를 들고 살금살금 커피를 떠먹기 시작했다.

내 아버진 평생을 교직에 계셨지만 백구두와 흰옷을 즐겨 입으시는 멋쟁이셨다. 장수長壽는 못하셨지만 낙천적인 분이다. 70년대 초 TV 연속극 '개구리 남편'이 끝난 직후, 초저녁 잠이 많은 엄마의 코고는 소리가 나지막이 들린다. 아버지는 잠든 엄마를 흔들어 깨웠다.

"여보, 커피 좀 끓여와요."

눈이 펑펑 쏟아지는 밤, 장지문 하나 사이로 숙제를 하고 있던 나는 문틈으로 아버지와 눈이 마주쳤다.

작은 주전자를 찾아 연탄불 위에 올려놓는다. 부뚜막에 올라앉아 엉덩이를 들썩이며 뚜껑을 서너 번은 열어야 물이 끓었다. 찬장 위에 고이고이 모셔둔 커피와 설탕을 꺼냈다. 그 옆으로 알약 모양의 당원곽도 보인다. 한 동이의 물에 이것 서너 알만 넣으면 달콤한 맛을 내는 요술물이었다.

"우리 딸내미 다 컸네."

아빠는 훌훌 소리를 내며 뜨거운 커피를 맛나게 드셨다. 설핏 잠에서 깬 엄마가 돌아누우며 말을 한다.

"한밤중에 쓰디쓴 커피가 무슨 보신탕이라고 부녀간에 저리도 좋을꼬…."

'하하하 호호호' 아버지와 나는 웃음을 삼키며 커피를 마셨다. 그 후 아버진 커피가 드시고 싶으면 큰소리로 딸을 부르셨다.

"보신탕 좀 타오렴."

첫아이를 임신하고 입덧도 없이 커피가 당겼다. 새콤한 과일도 아닌 쌉쌀한 것이 좋았다. 남편을 출근시킨 후 집안일을 끝내고 마시는 한 잔의 달콤한 커피, 내 삶의 든든한 후원자였고 안내자였다. 기쁨과 아픔까지도 갈색 커피향 속으로 녹아 내려갔다. 검은 빛깔의 아이가 태어나는 흉몽을 꾸면서도 끊지 못하였다.

둘째를 낳고 체중 증가로 달콤한 커피를 블랙으로 바꿔야 했다. 지금은 집집마다 흔해져 버렸지만 30여 년 전 장안의 백화점을 모두 뒤져 '커피메이커'를 구했다. 원두커피란 말조차 생소하던 시절 나는 행복을 마시고 있었다. 그러나 그때 읽은 수필 한 편이 마음을 아프게 했다. 당시 구로공단의 여공들은 졸음이 쏟아지는 야간작업을 위해 쓰디쓴 블랙커피를 국대접으로 약물처럼 마셔야 했다. 열악한 환경에 직업병까지 삶처럼 끌어안고 사는 소녀 근로자들의 고통을 읽으니 다갈색 한 잔의 물은 사치였다.

세상은 편해지고 있다. 물을 끓일 필요도 찻잔을 준비할 필요조차 없다. 동전만 있으면 마실 수 있는 자판기 커피. 바깥 활동이 많아지며 일회용 커피를 이용할 기회가 늘어난다. 커피를 자주 마신다, 나이 탓인지 습관 때문인지, 건강을 생각하며 녹차 대추차 등 전통차로 바꾸어 보았지만 어떤 차도 나를 만족시키지 못했다.

커피는 악마처럼 검고 지옥처럼 뜨겁고 키스처럼 달콤하게 마셔야 한다고 한다. 글을 쓰며 이따금씩 밤샘을 하면, 쌓여가는 것은 원고가 아닌 줄을 지어있는 커피잔이다. 커피는 지적인 능력과 감수성을 배가하는 묘한 기호 식품으로 특히 예술가들의 사랑을 받는다. 감수성을 발달시키고 창작력을 자극시킨다고 할까. 하지만 초대받은 자리에서 두 잔의 커피를 마셔야 감성이 만족한다면 카페인 중독이다.

커피가 가장 맛있을 때는 그 첫맛이다. 그 다음 입안에 침이 도는 신맛이 받쳐주고 다 마시고 나면 향긋한 단맛이 남는다. 삶도 그렇다. 쓴맛도 보고 신맛도 맛보는 오묘한 것이 인생이 아닐까 싶다.

차를 마시면 가슴은 명경처럼 말간 우물이 된다. 또 그 향기로 마음은 흐뭇하고 행복하다. 내 맘속의 시간에 깊은 우물을 드리우고 우물 속에 비친 지나간 날을 추억하고 옛사람들을 그리워한다. 차 맛은 따로 있는 것이 아니다. 누구와 함께 마시느냐로 그 맛이 결정되기도 한다.

한 달에 두 번씩 문학 모임에 참석한다. 오늘도 후배가 차를 준비하며 묻는다.

"선생님, 달콤한 영부인 커피로 드릴까요?"

소나기

바다보다 강이 더 좋은 이유는 양 기슭을 함께 볼 수 있어
서다.

청자빛 하늘은 강물에 잠겨있고 푸른 숲은 싱그럽다. 들꽃
을 시작으로 서럽도록 새하얀 찔레꽃이 만발할 때, 이보다
더 아름다운 것은 없다. 들꽃은 반기지 않아도 늘 그 자리에
피고 진다. 유월의 산하를 눈부시게 수놓은 개망초가 쌀알을
뿌려놓은 듯 소박하고 애잔하다.

강변을 걷는다. 뒤꿈치가 땅에 닿은 후, 엄지발가락에 무
게 중심을 두어 반듯이 걷는 '마사이 워킹'이다. 삼박자 보행
으로 착지·지지·도약의 단계가 일치한다. 건강을 상징하는

마사이족의 걸음이다.

팔당대교 아래에 이르러 갑자기 소나기가 흩뿌리기 시작했다. 집을 나설 때부터 스산해지는 바람이 비가 오겠다는 귀띔이었다. 더욱 거세지는 소나기를 피해 나무 아래로 들어섰다. 나무 잎새 위로 후드득후드득 떨어지는 초록 빗소리가 경쾌하다.

소나기는 음악이다. 떨어지는 물체에 따라 천의 목소리를 가진 음악가다. 쏴쏴쏴! 타악기 소리를 내며 떨어지는 기와지붕의 빗소리, 버들잎 위로 내려앉는 자박자박 싱그러운 빗소리, 흔적 없이 내리는 안개비, 또 밤비는 고운 여인의 자태처럼 조용히 내린다.

고개를 드니, 검붉은 열매가 주렁주렁 매달려 있다. 오디였다! 산뽕나무를 휘어잡고 오디를 따기 시작했다. 가지를 잡고 있는 팔이 무언가에 따끔따끔 했지만 달콤 쌉쌀한 오디 맛에 손이 발개지도록 땄다. 몹시 가려운 팔을 내려다보았다. 세상에! 두드러기처럼 부풀어 오른 팔이 금방 삶아놓은 무 같다. 쐐기 짓인가. 손톱까지 가세하여 더욱 쓰리고 아프다. 자연을 탐한 하느님의 꿀밤이었다.

소리치며 지나간 비 그친 하늘, 숲을 적신 소나기는 개울되어 흐른다. 두 팔을 벌려 호흡을 한다. 비에 젖은 풀내음이 향기롭다. 강물 위로 현란한 물무늬를 그리며 날개를 차고 오르는 새는 고운 울음소리만 남긴 채 비상한다. 도로 위로 지렁이들이 줄을 지어 오르고 있다.

둔치에 사람들이 웅성거린다. 무슨 일인가 싶어 고개를 돌렸다. 길 한 가운데 작은 동물이 사람들에 둘러싸여있다. 강아지만한 어린 것이 웅크린 채 겁먹은 큰 눈을 굴리고 있다.
"빗속에 길을 잃었나. 츠츠츠…."
"오소리 새낀데, 이래 보여도 사나워요."
모두 한마디씩 거들며 아기 오소리를 쳐다보았다. 그때, 한 노인이 사람들 사이에서 나왔다. 지팡이를 짚고 몸을 떨며 산책을 나오는 중풍노인이다. 말없이 오소리 꼬리를 낚아채어 절름거리는 다리로 걸어가 풀숲에 내려놓는다. 아기 오소리가 고맙다는 듯 뒤를 돌아보며 슬금슬금 사라졌다.
한 발을 질질 끌며 가는 노인의 뒷모습 위로 지팡이 소리만 들리고 있다.

공주와 무수리

아름다운 집으로 초대를 받았다.

봄 햇살이 연둣빛 수목으로 둘러싸인 빨간 돔 지붕 별장이다. 잔디가 곱게 깔린 정원을 지나 현관으로 들어서는데 남편 친구인 K씨가 뛰어나오며 반갑게 맞이한다.

"공주마마 오랜만입니다."

"본가가 충청도 공주公州입니다만….

무공해 야채가 풍성한 식탁에서 유쾌하고 맛있는 식사를 하며 변명 아닌 변명을 했다. 공주는커녕 우거지를 좋아하고 된장찌개를 잘 끓이는 무수리 아줌마라고.

화사하게 옷 입는 것을 좋아한다. 보라빛깔의 옷을 즐겨 '보라공주'란 말을 가끔씩 듣는다. 긴 스커트가 편해 짧은 치마에 레이스 덧붙이길 종종 한다. 본래의 옷보다 훨씬 근사해져 주위를 놀라게도 했다.

친구들과 두물머리로 봄 나들이를 갔다. 강둑 위로 쑥과 냉이가 지천이다. 모두들 차에서 우르르 내려 손으로 봄나물을 뜯기 시작했다.

"그 예쁜 것들을 왜 캐니? 그냥 바라보아도 좋은데."

내 말이 채 끝나기도 전에 아우성이다.

"아유, 저 공주병."

공주병은 본인을 예쁘고 고귀한 공주인 양 착각하고 행세하는 사람을 말한다. 여고시절, 학교에서 지정한 검정 운동화가 싫어 서울 외가에서 선물 받은 자주색 구두를 신고 해저물녘 심부름을 다녔다. 아버진 딸에게 '금의야행錦衣夜行'을 가르쳐 주시며 조용히 웃으셨다.

고백하면 나는 요조숙녀가 아닌 선머슴에 가까운 사람이다. 몸이 빠르고 걸음도 급히 걷는다. 높은 의자 놓고 커튼

달기, 못 박기, 전등 바꾸기 등등 가족에게 부탁하지 않은 채 잘한다. 더욱 침대나 책장 등 큰 가구를 끌고 밀어 옮겨놓기 일쑤다. 수년 전의 일이다. 하루가 다르게 자라는 아들을 흐뭇이 바라보며 가구를 옮겨 달라고 부탁했다.

"헐! 우리 코끼리 어머님도 못하시는 것이 있습니까요."

아들의 너스레처럼 나는 건강하고 씩씩한 코끼리, 아니 무수리 엄마다.

K는 내 첫수필집의 독자였다. 책을 사서 읽고 한번 만나기를 고대했다고 했다. 몇 년 후, 습작을 하던 그도 문인이 되었다. 문학 모임에서 우린 처음 만났다. 그가 상상했던 멋진(?) 여성수필가와 다른 내 모습에 실망을 감추지 못하는 인간적인 그를 보며 혼자 깔깔 웃었다.

집안에서의 내 모습은 상상을 불허한다. 화장기 없는 맨얼굴이다. 옷차림도 잠옷에 가까운 평상복으로 누구라도 우리집 현관을 두드리면 혼비백산이다. 겉옷을 찾아 입어야 하기 때문이다. 돌아가신 소설가 C선생님은 대문 앞에 거렁뱅이가 동냥을 와도 거울을 보고 머리를 매만지며 문을 열어주었다는 글을 읽으며 감동(?)했다.

  십여 년 전, 전원생활을 꿈꾸는 남편은 서울 근교에 대지를
매입하자고 했다. 땅을 사고 나면 집을 지을 돈이 조금 모자
랐다. 궁리 끝에 컨테이너로 우선 집을 설치하여 살자 했다.
천천히 집을 짓자고 설득하기 시작했다. 우리부부는 고민을
하다 가까이 사는 대녀 마리아에게 속내를 털어놓았다. 그녀
는 남편에게 이렇게 말을 한다.
  "공주가 어찌 컨테이너에 살아요."

  그랬다. 나에게는 공주의 원성과 무수리의 속성 두 가지가
공존하며 들쑥날쑥 키재기를 하고 있다.

바람 냄새

문밖을 나서면 바람 냄새가 난다.

해저물녘 바지랑대 높이 고인 빨래에선 바람 냄새가 난다.

평상에 앉아 잘 마른 빨래를 개며 그 냄새에 사로잡힌다.

꽃을 잉태하고 피우는 마알간 봄바람, 한사코 풀잎을 흔드는

여름 바람, 은은한 커피향 나는 가을바람 냄새가 좋다.

땀을 흘리며 산허리에 오른다. 노을빛 명자꽃 앞에서 걸음

을 멈춘다. 뚝뚝 떨어지는 다홍빛 아픔이 꽃을 유혹한다.

'기집 죽고 새끼 죽고' 이별을 노래하며 가슴으로 우는 산

비둘기, 민들레가 지천으로 피어있고, 그 울음 사이로 뻐꾸기가 추임새를 넣는다. 이맘때가 되면 그 울음소리 들리지 않을까 가슴앓이를 한다.

세상에 쓸모없는 것은 아무것도 없다. 길가에 아무렇듯 자라는 질경이도 때가 되면 눈꽃 같은 작은 꽃을 피운다. 선머슴 같은 볼품없는 개복숭아나무도 연분홍 꽃을 가지마다 곱게 매달고 있다. 산을 돌아 따비밭을 지난다. 해마다 씨 값도 못 건지는 밭에 부지런한 주인은 씨앗을 심는다. 벌레 숭숭 먹은 열무와 고추가 졸고 있고, 그 옆으로 어린 떡잎이 흙을 헤집고 있다. 말없이 지나는 내게 인심 좋은 농부아주머니는 상추 한 줌을 건넨다. 운이 좋은 날이다.

등산로를 버리고 작은 산길을 택한다. 이름 모를 새가 고운 소리로 지저귀고 수풀은 발등을 간지럽힌다. 인적 드문 호젓한 산길을 걸으며 상념에 빠진다.

지천명을 넘기고도 고질병처럼 쳐드는 자괴감을 토해낸다. 살아가며 생기는 사랑과 미움, 작은 오해 등을 툭툭 털어낸다. 용서는 타인에게 베푸는 자비심이 아니고 흐트러지는 나를 거두는 것이다.

안개가 숲을 가리더니 비 그치고 해 난다. 도로 위로 지렁이들이 줄을 지어 기어오른다. 녀석들은 비가 멈추면 모두 땅 위로 올라온다. 흉물스런 모습으로 내리 쪼이는 태양 아래 젖은 몸을 말리고 있다. 그들은 무슨 연유로 살아온 곳이 아닌 낯선 지상에서 허연 배를 드러낸 채 처절한 죽음을 맞는지 모를 일이다.

바람 냄새를 안고 산을 내려온다. 이름 모를 벌레, 행여 작은 개미라도 밟을까 언제나 조심스런 걸음을 걷고 있었다. 아카시아 꽃바람 냄새가 짙다.

발밑에 무언가 미끌했다. 몸의 균형을 잃은 채 엉덩방아를 찧고 말았다. 바지의 흙을 털며 일어서는데 등산화 밑에 토막 난 실뱀 같은 지렁이가 꿈틀거리고 있다.

무죄로다, 무죄로다….

비목어比目魚

빛깔 고운 낙엽이 후드득 가슴으로 진다.

시나브로, 그리움 닮은 얼굴들이 하나 둘 떠오르면 내 가을 앓이는 시작된다.

마흔다섯 가을이었다. 그녀는 성가대에서 십 년을 함께 노래 불렀다. 아름다운 성음악이지만 어렵고 힘든 성가 봉사였다. 그와 나는 좀처럼 가까워질 수 없었다. 어느 날 그는 소문도 없이 성가대를 떠나버렸다.

작별의 뒷모습 같은 수묵색 비가 내린다. 문득 우연이라도 그를 한 번 만날 수 있었으면 하고 생각한 것은 계절이 주는 감상만이 아니었다. 그가 고향 B시로 떠난 것을 알게 된 몇 달 후, 우리는 오래된 친구, 아니 정인처럼 마주 앉았다. 순간, 숨을 쉴 수가 없었다.

불혹을 넘긴 여인의 사추기였던가. 장문의 가을 편지를 쓰기 시작했다. 더도 덜도 아닌 한 번의 만남 뒤, 흑백영화의 장면처럼 이별 앞에 섰다. 어디 운명적이지 않은 만남과 이별이 있으랴만, 그는 출렁이되 넘치지 않는 바다였다. 같은 신앙 안에서 십 년을 함께 한 애틋함은 오래도록 지워지지 않는 상처였다.

우기의 꽃잎처럼 온몸으로 기도했다.

사랑은 가장 변하기 쉬움과 동시에 가장 파괴하기 어려운 불가사의한 감정이다.

언제부터인지 드라마 속의 결혼은 개인을 속박하는 구속이고, 외도는 그것을 해방시켜 주는 필요악이 되어가고 있다. 방송사마다 빗나간 사랑놀이를 일삼고 있다.

부부란 둘이 만드는 하나의 세상이다. 외도는 왜 생길까? 결혼의 환상과 가치 부여에 대한 실망으로 뒤늦게 발견되는 자아 때문이다. 사회생물학적인 이유도 있다. 남녀의 사랑이 지속되는 기간은 호르몬 분비에 의한 3~4년이 고작이다. 사랑의 유효기간이다. 대부분의 동물들은 다혼多婚이고 몇몇 포유류만 일부일처다. 인간도 오랫동안 다혼을 유지해 왔으며 일부일처제는 산업화시대가 만든 발명품이다.

문학과 예술사에 전설처럼 남겨진 사랑 이야기 세기의 로맨스는 늘 흥미롭다.

조각가 로댕과 그의 제자 까미유 끌로델의 사랑, 화가 칸딘스키의 연인 가부리엘레 뮌터, 철학자 하이데커의 숨겨진 여인 한나 아렌트, 그들은 주체할 수 없는 사랑과 열정으로 사회적 명성을 비난과 함께 얻는다. 사랑을 통하여 창조적인 에너지를 끌어내어 인류 문화를 풍요롭게 하고 천재성을 꽃피웠다. 그러나 금지된 사랑의 여인들은 아픈 사랑의 상처를 끌어안은 채 고독한 삶을 살았다. 비련의 주인공답게 자신이 선택한 운명을 원망하거나 허락받지 못한 사랑을 결코 후회하지 않았다.

불륜도 사랑이다. 말 그대로 윤리가 아니지 사랑이 아닌 것은 아니다. 다만 인간이 만든 굴레의 잣대에서 조금 벗어난 것이다. 부적절한 인간관계일 뿐 오묘한 사랑이야 변할 수 있겠는가. 부부 이데올로기와 관습에 의해 진정한 사랑의 의미를 깨닫지 못하고 있는 것이다. 불륜 당사자에겐 새로운 사랑이고 행복이며 쾌락이다. 그 사랑은 온몸이 눈이지만 아무것도 보지 못한다. 본디 사랑은 견고하지도 믿을 만한 것이 못되는 유희인지도….

눈이 하나뿐인 비목어比目魚란 물고기가 있다. 헤엄을 잘 치기 위해서는 짝이 있어야 한다. 비목어는 서로에게 나머지 한쪽의 눈이 되어주기 때문이다. 세상을 두 눈으로 보기 위해 짝을 찾아나서는, 목숨 다해 사랑하는 외눈박이 비목어의 애틋한 갈망과 사랑의 깊이를 생각해 본다.

안개마을

안개가 창문을 두드리는 이른 새벽, 가로등은 오렌지색 물감으로 흠뻑 젖어 있다. 마음을 따라 강으로 나간다. 강이 가까이 있다는 것은 행복한 일이다.

안개 속에 피어난 함초롬 나팔꽃, 분홍빛 위에 맺힌 이슬이 영롱한 보석이다. 좋은 말은 이슬과 같다고 했다. 이슬은 양이 아주 작지만 생물에게 큰 영향을 준다. 사막의 이슬이 식물에게 큰 도움을 주는 것처럼 한마디의 말이 누군가에게 큰 영향을 준다. 우리는 말의 홍수 시대를 살고 있다. 말의 바다에서 헤엄을 치며 살아간다. 좋은 말은 많이 하는 것이 아니다. 사람이 두 귀와 하나의 입을 가진 것은 남의 얘기는 귀 기울여 듣고 말은 적게 하라는 것이리라.

눈이 시린 하늘가 버드나무 위로 까치집이 보인다. '뻐꾹뻐꾹' 뻐꾸기 울고 홀아비새는 올해도 짝을 못 만났는지 '기집 죽고 새끼 죽고' 설운 소리로 울어댄다. 청설모와 다람쥐들이 총총히 뛰어 다니고, 고추잠자리가 금빛 날개로 비행술을 뽐내고 있다. 길섶의 풀들이 여름 속살을 매만진다. 무성히 자라 내 허리를 넘으면 머슴애의 상고머리처럼 싹둑 베어 놓는다. 우거진 숲 자연 그대로가 더 좋은데 말이다.

강은 많은 것을 생각하게 한다. 초록빛 물속을 유영하는 잉어와 버들치….

강물 속의 아기물고기가 물었다.

"엄마, 강이 어떻게 생겼어요?"

"글쎄 그런 것이 있다고 들었다만… 나도 잘 모르겠다."

강물에 살면서 강을 알지 못하는 물고기! 세상을 살면서 삶을 바라보지 못하는 우리와 닮았다는 생각을 해본다. 하루를 너무 빨리 바쁘게 살아가고 있다. 늘 선택의 연속인 삶

속에서 쫓기는 일상들, 매일 마시는 차 한 잔에 그윽한 향기가 있음을 종종 잊어버린다. 무엇을 위하여 이렇게 내달리고 있는 것일까? 성공하려고, 잘 살려고, 행복하려고, 많은 대답 중 행복이란 단어가 유독 가슴에 파고든다. 어떤 모양과 색깔을 띠고 있다면 행복 찾기가 쉬울 터인데….

이따금 사랑 고백처럼 숨 막히게 고운 , 서쪽 강변 붉은 그리움을 쏟아내는 노을을 만나기도 한다. 해넘이에 걸린 미치도록 아름다운 눈썹달은 덤이다. 팔당대교 아래에 이르러 수심이 얕은 자갈밭 위에 무언가 하얀 움직임이 언뜻언뜻 보였다. 순간 백로인가 반가움에 눈을 비볐다. 해오라기 부부다. 늦가을이라곤 하지만 겨울 철새인 백로가 벌써 나타날 리 없다. 아름답고 기품 있는 백로가 이 강물을 다시 찾아오길 소원한다. 사랑할 수밖에 없는 풍경이다.

도도히 흐르는 강물을 바라본다. 삶도 저 강물 같다는 생각을 해 본다. 비바람 속에 급류를 타고 파도가 일렁인다. 억새꽃이 바람에 나부낀다.

살아가며 신뢰를 쌓는 데는 수년이 걸리지만 한마디의 작은 실수로 무너지는 것은 순간이다. 사람이 사람을 좋아하는 일은 아름다운 것이다. 그러나 너무 좋아할 것도 더욱이 미워할 일은 아니었다. 사랑도 그랬고 우정이 그랬다. 이제 내려놓으련다. 오해가 커도 비바람이고 사랑이 깊어도 산들바람이라 하였다.

안개가 강물 위로 피어오르고 마을을 휘덮는다. 뽀얀 안개가 비단 옷처럼 내 몸을 휘어 감는다. 안개 속에 서면 꿈처럼 마음 설렌다. 흔적 없이 사라질 이 안개를 나는 사랑한다.

안개 속을 걸으면 나는 안개가 되고 안개는 내가 된다.

마음의 거리

청자빛 강은 하늘을 닮은 그리움이다.

유년으로 달려가고 청춘의 날로 떠나기도 한다. 작은 물보라에 반짝이는 여울이 보석 같다.

올 겨울 첫추위에 강이 꽁꽁 얼었다. 강물은 가장자리부터 얼기 시작한다. 부끄럼 없이 노니는 오리와 백로들의 쉼 자리가 조여들고 있음을 지레 걱정하고 있다. 호수처럼 잔잔한 강에 비라도 뿌리면 강은 물안개 속에 갇힌다.

차고 맑은 겨울날, 물오리는 강가에서 부지런히 날갯짓을 하고 백로는 강 한복판에 무리지어 자맥질을 한다. 겨울비를 처연히 맞고 있는 오리와는 달리, 녀석들은 회색 구름만 끼어도 보이지 않는다.

이상 기온으로 따뜻해진 겨울 날씨 때문인가 백로들이 며칠째 나타나지 않는다. 녀석들이 떠나 버린 것 같아 섭섭했다. 집으로 돌아오며 자꾸 뒤를 돌아본다.

한강을 잘생긴 남자의 다듬어진 턱이라 한다면 이곳은 자연 그대로의 모습인 텁석부리 강이다. 매일 같은 시각 똑같은 길을 걸어도 강은 언제나 다른 얼굴로 나를 반긴다. 갈대들이 속살을 매만지며 사랑을 확인하고 강으로 흘러드는 개천에는 작은 물고기가 살고 있다.

추운 강바람 속에 백로가 날아와 앉아 있다. 이별한 연인을 만난 듯 반갑다. 백로는 한 곳에 정주하지 못하는 겨울 철새다. 우수가 지나면 그들과 이별 준비를 시작한다. 이제 떠나보내야 한다.

걸으며 명상에 잠긴다. 걸음을 멈추면 생각도 멈춘다. 한 시간 가까이 걸으면 팔당대교 아래 전설 같은 아름드리 은행나무 밑에 걸음을 멈춘다. 내 상념도 강물 위로 잠시 머문다.

살아가며 상처가 주는 아픔이 마음에 각인되는 것을 나는 못 견뎌했다. 가슴은 늘 누더기가 된다. 더욱 허허로운 것은 나 자신도 타인들에게 상처가 되고 있음을 알았을 때다. 생각해보면 상처는 멀리 있는 이들이 아닌 가까운 사람들로부터다. 사랑과 정조차도 마음의 거리였다.

무릇, 절망과 고통을 지나며 진정한 의미를 발견한다. 산다는 것은 자신을 비우는 것이다. 삶은 내 소유물만이 아니었다. 행복도 불행도 순간순간 퍼낼 수 있는 비움의 미학이다. 영원한 것은 어디에도 없다.

찬란한 다홍빛 해가 강물 아래로 잠긴다.

강물 위로 저녁 해가 걸린 채 동쪽 하늘에 낮달이 떠 있다. 신은 태초부터 예인이었다. 산과 들에 드문드문 녹지 않은 잔설이 낙화한 목련 같다. 아픔도 시련도 발아래 묻힌다. 길가 이름 모를 잡초에게 생명의 신비로움을 배우며, 자연과 가까워진 마음이 자연을 닮아가는 듯 너그러워지고 편안해진다.

강은 혼탁해진 가슴을 헹궈내며 마음을 넓혀준다.

바람의 노래

평생의 화두가 사랑인 내게 사랑 그것은 언제나 흥미로운 이야기다.

사랑에 원칙이 있는가? 우문愚問이다. 그러나 도시국가 아테네에는 사랑의 4원칙이 있었다. 첫째가 공개적인 것이다. 그 시절에도 비밀스런 애정행각이 있었다. 아테네는 동성애가 유행하였다. 남성과 남성의 사랑보다 여성과 여성의 그것이 더욱 저급한 취급을 받았다. 둘째, 재산과 명예에 염두를 두지 마라. 셋째, 지혜와 덕을 추구하는 사람이어야 한다. 넷째, 육체보다 영혼을 사랑하라. 살펴보니 이천 년이 흐른 지금의 사랑 논리와 별로 다르지 않음을 알 수 있다.

사랑에 절대적인 원칙은 없으나 최소한의 불문율이 있다. 그것은 믿음이다. 퍼내어도 퍼내어도 마르지 않는 샘물 같은, 깊은 신뢰에서 정은 솟아오른다. 사랑으로 시작하여 정으로 평생을 엮는 우리 인간의 삶이다. 절정을 이루었던, 젊고 아름다웠던 날을 추억하며.

흔히 우리는 영원한 사랑을 말하지만, 세상을 살아가며 영원한 것은 없다는 사실을 깨닫게 된다. 영원할 것 같던 사랑도 대개는 이별, 죽음 등으로 그 끝을 맺기 때문이다.

사랑이란 말이 범람하고 있다. 시쳇말은 그 시대의 세태이며 풍속도다. '아직도 애인이 없으세요?'라는 말이 유행어다. 수년 전에 '애인'이란 드라마가 '아름다운 불륜'이란 국적 없는 말을 창출하고 시청률 1위의 기록을 세웠다. 아침방송은 물론 저녁 황금시간대에 불륜을 다룬 드라마가 여과 없이 방송되고 있다. 그 시간대에 수돗물 쓰는 양이 줄었다는 등 웃지 못할 통계도 그렇지만, 대개의 아내들이 현실에서 이루지 못하는 유혹을 드라마에서 대리만족을 느끼고 있다는 말이다. 불륜, 그것을 유지하려면 열정적인 에너지와 반사회적인

대담성이 필요하다. 이 점은 연애윤리와 사회윤리가 상충된
다는 내 지론이다.

불륜도 오랜 시간 삭히고 간직하면 그것은 참 사랑이다.
영화 '매디슨 카운티 다리'에서 보여준, 나흘 동안의 사랑을
평생의 불씨로 간직한 그 절절함에, 누가 도덕적 잣대를 들이
댈 것인가?

'바람의 노래'란 향수를 뿌리고
분홍색 짧은 원피스로 단장한
프란체스카
영원으로 이어진 연인 킨케이드와
춤추며 마음속 불길을 당겨
오래도록 입맞춤하던
'매디슨 카운티 다리' 길목
푸른 집에서 벌어진
불의 이야기를 읽어 보렴

　　　　　　　　　　　　—任丙彬의 시 '매디슨 카운티 다리'

서양화가인 별난 선배가 있다. 반듯한 공직자 남편과 끔직이 사랑하는 아이도 있다. 그러나 그녀 곁에는 언제나 미지의 남자가 동행한다. 술을 즐기는 그녀의 술친구라 했다. 깔깔 웃으며 거침없이 애인이라고도 말한다. 배낭 하나 걸쳐 메고 의문의 여행을 떠나는 자유분방한 그녀가 일 년 넘게 소식이 없다. 아침신문의 개인전을 연다는 짤막한 기사를 보고 반가움에 인사동 전시장을 찾았다. 'F-2 女', 화학공식 같은 제목의 그림 앞에 많은 관객의 발걸음이 멈춰져 있다.

'아, 그랬구나!'

거대한 소용돌이 속의 태풍의 눈. 붉은 점 하나를 찍은 난해한 그림이다. 미로를 허우적거리며 비상구를 찾는 현대인의 모습이었을까. 컴컴한 동굴 속 같은 인간사, 한 줄기 神의 빛이었을까? 아니, 그녀 자신이었다.

파리의 뭇 남성들과 교류하며 지낸 조르주 상드의 말을 생각게 한다. 상드는 '여자에게 사랑이 없으면 여자라는 존재는 없다'고 항변했다.

사랑은 낙타풀 같은 것이다. 낙타풀은 사막에서 꽃으로 피어나는 생명체다. 아름답지도 않을 뿐더러 온몸이 가시투성이인 그 풀은 굶주린 낙타를 위해 존재한다. 낙타는 가시투성이의 풀을 먹으며 입안은 피투성이가 된다. 자신을 필요로하는 유일한 존재의 먹이가 되면서 피를 흘리게 하는 것. 그것은 보복이 아니라 가장 깊숙한 사랑이며 그리움이다.

전시회가 끝난 한 달쯤 후 선배와 점심식사를 했다. 멍석을 둘둘 말아 벽장식을 하고 씨오쟁이, 함지박 등으로 장식된 카페를 향수 어린 눈으로 바라본다. 때마침 휴대폰이 울렸다. 그것을 꺼내는 선배의 핸드백에서 붉은빛 종이가 툭하고 떨어진다.

"이거? 남편 사랑하는 부적이야."

흔드는 그녀의 손에서 '바람의 노래'가 전해지고 있었다.

시카고 공항의 노숙자

하늘 아래로 물빛 아름다운 도시 로스앤젤레스가 아득하다.

발길 닿는 곳마다 신의 축복을 받은 나라 미국 서부 여행을 끝내고 시카고로 가는 비행기에 탑승했다. 다섯 시간 후 도착한 시카고 공항엔 비가 내리고 있다. 정오에 있는 시계 바늘을 두 바퀴 앞으로 돌렸다. 이곳에서 미 중부에 있는 세인트루이스 공항으로 가야 한다. 미주리 주립대학 교환교수로 있는 여동생을 만나기 위한 여행이었다.

세인트루이스 행 비행기가 결항이라 했다. 공룡처럼 거대한 시카고 공항은 출발 게이트가 시간마다 달라 여행 가방을 끌고 뛰어 다녔다. 몇 개의 게이트에서 허탕을 치니 맥이 풀렸다. 창밖으로 보슬비가 내리고, 이상기류인 '토네이도'의 발생으로 비행기가 출발하지 못하고 있다.

공항은 어느새 어둠이 내리고 있다. 세인트루이스 공항에서 연락두절인 채 기다리고 있는 가족이 있다고 짧은 영어로 직원에게 사정을 했다. 그러나 친절한 미소와는 달리 사무적이고 냉냉한 그들이다. 이따금 비상 착륙하는 점보기가 있지만 검은 양복을 입은 신사들만 유유히 공항을 빠져나가고 있었다. 난민 같은 모습으로 공항 로비에 등 기대어 있는 사람들은 동남아 혹은 인도인과 우리 가족뿐이다. 저녁이 되자 내려가는 썰렁한 기온만큼이나 마음은 씁쓸했다.

시카고의 칠흑 같은 밤이다. 가로등은 물론 네온사인조차 없다. 밤이면 식물들도 휴식을 취해야 하기에 어디를 가도 미국 도시는 캄캄하다. 호텔을 찾아 나서기엔 너무 늦어 있었다. 피곤이 밀려왔다. 공항로비의 긴 의자에 그냥 누워버렸다. 다른 것은 몰라도 잠에는 지독히 까다로운 사람이다. 국내 여행엔 이불과 베개를 끌고 다닐 만큼 유난을 떤다. 서부

여행 내내 시차와 불면증에 시달렸기 때문인가 졸음이 쏟아졌다. 밤이 이슥해지자 몹시 추웠다. 새우잠을 자는데 잠결에 무언가 따뜻하다. 올케가 의자 밑에 떨어진 신문을 주워 덮어주고 있다. 잉크 냄새 나는 이불이 떨어지면 다시 주워서 꼭꼭 눌러 덮어주며 맨발의 내게 양말을 신겨주고 있다.

"형님, 우린 오늘 영락없는 시카고 공항의 노숙자예요."

춥고 딱딱한 의자에서 자다 깨다를 반복하며 날은 밝고 있다. 샤워는커녕 세수도 못한 채 손만 계속 닦았다.

"누님, 불면증 환자 맞아? 코까지 골며 주무시던데요."

아침 빵에 버터를 바르며 꼬박 날을 새웠다는 동생부부의 놀림에 함께 웃었다. 나조차 이해할 수 없는 내 모습이다. 생각해보니 다정한 올케의 마음만큼이나 신문 이불은 따뜻했다.

꼬박 하루를 시카고 공항에서 먹고 자고를 하였다. 입에 맞지 않는 국적 다양한 음식을 먹으며 누구도 불평 한마디 없다. 젊어 못해 본 배낭여행을 중년에 하고 있다며 즐거워했다. 1달러도 안 되는 값싸고 향기로운 커피를 마시며 우리는 깔깔거렸다.

정오 무렵이 되자 초조해지기 시작했다. 창밖은 아직도 비가 내리고 회색 구름은 가득하다. 점심도 거른 채 출발하는 비행기를 탈 수 있었다. 안전벨트를 매면서 불안했다. 비는 아직도 사부작거리고 비행기가 이륙을 시작한다. 비행기의 착륙과 이륙, 그 아찔함을 즐기고 있는 사람이지만, 장난감 같아 보이는 70석 경비행기의 떨림은 말 그대로 태풍이었다. 인도인으로 보이는 옆 좌석의 노부부가 서로를 끌어안으며 'oh! no!'를 외쳐댔다. 알아들을 수 없는 멘트는 계속 흘러나오고 여기저기 구토를 하는 사람이 생기고 은발의 스튜어디스는 좁은 통로에서 춤을 추듯 하며 책임을 다하고 있다. 회색 먹구름이 차창 밖으로 가득한 채, 마치 지옥으로 가는 길목 같았다. 나도 모르게 성호를 그으며 두고 온 가족과 사랑하는 사람들을 떠올렸다.

이윽고 비행기가 흔들림을 멈추더니 이륙을 알리는 멘트가 흘러나온다. 어둠 속에서 무대가 열리듯 실내가 환해지며 차창으로 말간 햇살이 얼굴을 쏘옥 내밀고 있다. 어쩜 이럴 수가, 이륙한 상공은 해가 쨍 떠 있었다. 어쩜, 구름 한 점 없는 쾌청한 날씨, 여기저기서 웅성거리며 환호를 했다. 변화무쌍한 대자연 앞에 참으로 보잘 것 없는 작고 초라한 인간의 모습이다. 살아오며 이렇듯 절실한 기도를 해본 적이 있던가?

세인트루이스 공항 근처 호텔에서 근심으로 밤을 새운 여동생과 조카, 우리는 이산가족 상봉처럼 깡총거리며 얼싸안았다. 집에 도착하자 동생이 마른 구역질을 하며 너스레를 떤다.

"누나, 김치하고 밥 좀 먹읍시다."

지구촌

　벤을 렌트한 우리 가족은 미 중부인 미주리주를 출발하여 동부로 향했다. 미주리 주립대학에 교환교수로 있는 여동생 가족과 남동생 부부와 미동부 투어를 시작했다.

　미국은 참으로 크고 넓은 나라다. 하느님께서 많은 자연을 부여한 나라다. 가도 가도 끝이 없는 동부는 먼 거리였다. 미 동서를 횡단하는 70번 국도를 밤낮없이 달렸다. 열다섯 시간을 넘게 왔나보다. 운전을 하는 동생의 젊음과 열기를 품어대는 자동차가 미덥다.

　얼핏 졸았나 보다. '워싱턴이다!' 누군가의 소리에 눈을 떴다. 벌써 날이 밝아 아침이다. 차창 밖 빌딩 앞 붉은 꽃이 우리를 반긴다. 어디서 본 듯한 꽃이다. 눈을 비볐다.

"저거 배롱나무 아니야!"

그건 분명 어렸을 적 시골 할아버지 댁 화단에 있던 배롱나무였다. 일곱 살쯤 되었을까. 여름 꽃밭을 장식하던 배롱나무 아래서 아버지는 '이 꽃이 져야 햅쌀이 나오고 쌀밥을 먹을 수 있지' 하셨다. 한두 그루가 아니다. 빌딩 앞마다 서있는 크고 작은 나무는 워싱턴의 여름을 장식하고 있었다.

백일홍이 지고 나면 서리가 내린다. 한여름 이 시기에 붉게 피는 꽃은 좀처럼 찾아보기 어렵다. 오로지 백일홍만이 홀로 고고하게 핀다. 꽃 중에서 이처럼 '독야홍홍獨也紅紅'하는 것은 백일홍뿐이다. '화무십일홍花無十日紅'이란 말이 있듯 대부분의 꽃은 열흘 남짓 피지만 유독 백일홍은 100일 동안이나 붉은 꽃을 피운다. 원산지가 중국인 백일홍을 '자미紫薇'라고도 불렀다. 전남 담양의 소쇄원瀟灑園 앞으로 흐르는 냇물은 그 이름을 '자미탄紫薇灘'이라 부른다. 냇물 주변에 수백 년 된 수십 그루의 백일홍이 열을 지어 꽃을 피우기 때문이다.

조선의 학자 강희안姜希顔의 꽃과 나무에 관한 국내 최고의 원예서 양화소록養花小錄을 보면 꽃과 나무를 9품으로 분류하였는데, 그중 백일홍을 매화, 소나무와 함께 1품으로 분류하였다. 그만큼 품격 있게 본 꽃나무이다.

비옷을 준비하지 못한 우리는 워싱턴 백악관 앞에서 갑자기 여우비를 만났다. 백악관 앞 배롱나무 앞에서 비를 쫄쫄 맞으며 미국 생쥐가 되었다.

워싱턴은 메릴랜드 주에서 찐빵의 앙꼬 같은 아주 작은 도시다. 뉴욕처럼 빌딩 숲도 아니고 초대 대통령 워싱턴 기념관부터 제퍼슨, 프랭클린, 케네디 기념관까지 어딜 가나 기념관과 박물관 미술관이 있는 조용한 도시다.

꽃은 만국 공통언어다. 어딜 가나 공원을 장식하는 꽃은 국경이 없어 더욱 정겹다.

맨해튼에서 리버티 섬에 있는 자유의 여신상을 보기 위해 배터리 파크로 갔다. 페리를 타기 위해 긴 줄의 행렬이 이어지고 있다.

남루한 검둥이 노인이 뱃전에서 바이올린을 켜고 있다. 따가운 팔월 햇살 아래 바이올린 소리가 한결 시원하게 해주고 있었다. 갑자기 귀에 익은 음악이 흐른다. '애국가'였다. 집을 떠난 지 한 달이 훌쩍 넘었다. 가슴 찡한 우리는 노인 앞에 있는 빈 깡통에 1달러를 넣어주었다. 땀에 젖은 노인의 얼굴과 바이올린 소리가 더욱 신이 났다. '나의 살던 고향' '아리랑' '따옥이'로 이어진다. 눈여겨보니 노인은 여러 개의 우리 악보를 갖고 있었다. 고향 아저씨 같은 검둥이 노인의 애잔한 바이올린 소리에 잠시 향수병을 달래며 지구촌이란 말이 실감나는 순간이다.

chapter

5

보
라

여왕의 모자

금발머리에 커다란 리본이 달린 모자를 쓴 소공녀는 행복한 공주가 되어 마차를 타고 떠난다. 마지막 책장을 넘기는 소녀의 얼굴 위로 물기가 반짝인다.

엄마는 늘 숱 많은 머리를 곱게 땋아 붉은 리본을 매 주었다. 아이는 거울을 들여다보며 늘 동화속의 아름다운 모자를 동경했다.

모자는 그 쓰임에 따라 몇 가지로 분류할 수 있다. 의장衣裝의 일종으로 인간의 위엄과 고귀성을 상징한다. 왕관과 대례

모大禮帽, 추장의 모자가 그것이다. 또 인체의 소중한 머리를 보호하는 역할을 하는 철모와 작업모. 그밖에 추위와 더위를 피하기 위한 방한모와 방서모 등이 있다. 해방 후 민주주의를 타고 들어온 베레모는 현재 공수단의 군모이지만 예술가들이 많이 애용한다.

얼마 전 모 문예지에 모자를 쓰는 여성들을 꼴불견이라 말한 글을 읽으며 잠시 미소 지어본다. 모자를 쓰는 데에는 개개인에 따라 이유가 있다. 추운 겨울 찬바람을 막으려는 것이 그 첫째다. 병증으로 빠져버린 머리를 감추려 쓰는 사람도 있다. 바쁜 출근시간 머리를 감을 여유가 없을 때 칙칙한 머리를 모자로 살짝 가리면 훌륭하다.

내가 모자를 즐겨 쓰는 이유는 솔직히 멋을 내기 위해서다. 외출하기 전 마지막으로 모자를 머리에 올리면 발걸음도 씩씩해지고 행복하다. 값비싼 것이 아니더라도 옷과 조화를 이룬 멋진 모자를 쓴 사람을 만나면 즐겁다. 면바지에 드레시한 모자를 썼든, 정장에 운동모자를 쓰고 뛰어 달리든 우리 모두 개성시대에 살고 있다. 수년 전 청바지에 번쩍이는 비즈가 달린 자켓을 입고 나타난 ㅊ선배를 보고 모두 놀라워했다.

그러나 요즘 트랜드다. ㅊ선배도 나처럼 모자 쓰기를 즐긴다. 어느 해, 시내 호텔에서 문학 세미나가 있었다. 귀갓길 동승하기 위해 ㅊ선배 남편이 호텔에 들렀다. 삼삼오오 출구로 나오는 여성작가들을 보며 말을 한다.

"왜 모두 뚜껑 부대야, 모자로 문학하나요."

미용실에서 이마를 시원하게 드러내고 머리를 만진 내 모습을 바라본다. 거울속의 여인이 타인 같다는 생각이 들 만큼 삼십년 넘게 모자를 즐겨 썼다. 가장 좋아하는 보랏빛 모자와 카키색, 검정, 밤색, 그 모양과 색이 다양하듯 보관하기 어려울 정도로 숫자도 많아졌다. 더러 옷 한 벌 값을 능가하는 값비싼 모자도 있다.

문학모임에서 이따금씩 만나는 후배가 있다. 모자를 벗은 내 모습을 문단 데뷔 후 처음 보았단다. 이마에 주먹만 한 혹을 감추고 있는 줄 알았다는 그녀의 말은 당혹스러웠다. 모자를 벗은 내 짱구 이마가 더 보기 좋다며 수선을 떤다.

지난 설의 일이다. 차례를 지내고 세배가 시작되었다. 한 세기 가까이를 사신 시아버님 슬하 열다섯이나 되는 손자, 여덟 명의 증손자까지 거대한 가족이다. 내 차례가 되어 우리 부부는 아버님 앞에 꿇어앉았다.

"애야, 모자를 벗지 않으련?"

"아버님~요, 여자는 집안에서 모자를 써도 됩니더."

짐짓 본가 사투리를 빌어 대답했다

"그렇던가? 허허허…."

누군가가 절을 하는 내 머리를 툭 친다. 벗겨진 모자가 데굴데굴 굴러간다. 조카 녀석들의 웃음소리가 여기저기서 작게 새어 나왔다.

"아버님요, 백 살까지만 사이소"

내 너스레에 여기저기서 폭소가 터져 나왔다. 납작하게 눌린 맨머리로 절을 마친 나는 뚜벅뚜벅 걸어가 모자를 툭 툭 털어 머리에 얹는다.

"모자를 벗은 여왕, 보셨습니까?"

신데렐라는 없다

삼십여 년만의 통화였다. 초등학교 시절 가무잡잡한 얼굴
에 유난히 꾀꼬리 같던 그 애의 목소리를 기억한다. 가난한
남편을 만나 어렵고 힘든 삶을 살았다고 했다. 자수성가한
그녀는 지금은 양로원 소년원 등 어려운 곳을 찾아다니며 자
신이 좋아하는 음악으로 봉사한다. 첫 음반을 내겠다는 늦깎
이 그녀를 나는 하루 빨리 만나고 싶었다.

젊고 아름다워지려는 열망은 나이를 초월한다. 두 번의 쌍
꺼풀과 코 수술로는 부족했다. 대여섯 살을 깎아 내리기 위해
얼굴의 절반을 저며 내는 수술을 막 끝낸 뒤라 했다. 짙은

화장으로 애써 감추려 하지 않았다.

"잠잘 적에 눈이 잘 감겨지지 않아"라고 농담처럼 말하는 그 애 앞에서 난 울고 싶었다. 문득 웃을 때 작은 눈꼬리가 처지던 어릴 적 그 애 모습이 떠올랐다.

헤어지면서 그 애는 말한다. '내 노래는 신이 주신 달란트'라고, 큰소리로 되묻고 싶었다 신체발부수지부모身體髮膚受之 父母?

미인과 바보는 친동기간이라 했던가.

압구정동은 미모의 선남선녀들로 숲을 이루는 동네다.

머리 위로 가장 눈에 띄는 성형외과 간판들. 역을 중심으로 청담동에서 신사사거리까지 수백여 개의 성형외과가 몰려있다. 전국 성형외과 개업의 중 40%가 집중해 있다. 쭉쭉빵빵 압구정은 성형 천국이라 하겠다. 간판 아래 글귀가 눈길을 끈다.

'용기 있는 여자가 세상을 바꾸고, 자신 있는 여자가 인생을 바꾼다.'

성형외과는 본래 외과의 막둥이다. 선천성 기형이나 불의의 사고로 생긴 외상과 화상 등 신체의 기형을, 원형에 가깝게 교정 복원하고자 생긴 의학이다. 의사의 대명사였던 외과의. 그러나 크고 작은 수술의 어려움을 피할 수 없는 외과병원은 하나 둘씩 문을 닫고 손재주가(?) 뛰어난 성형외과는 점점 늘어만 간다.

외모 지상주의가 우리 사회를 횡행하고 있다. 미모를 뜻하는 '얼짱' 아름다운 몸매라는 '몸짱'까지 외모만으로 찬사를 보내는 풍조, 편승하여 남녀노소를 막론하고 성형신드롬이 휩쓸고 있다. 화장을 고치듯 성형수술에 중독되고 있는 젊은 이들, 보톡스 열풍으로 청춘 성형에 매달리는 중년까지, 여인들은 아름답고 젊어지고 싶은 욕망을 더 이상 감추지 않는다. 겁 많고 수줍음 많던 이 땅의 여인들이 부끄럼 없이 턱을 깎아달라, 광대뼈를 없애주시오, 저돌적인 요구다. 우리나라로 일본이나 중국 여성들이 단체 '성형투어'를 올 정도의 성형 왕국이라 한다.

얼마 전 친구가 여자대학 강의를 하며 깜짝 놀랐다 한다. 학생들의 눈모양이 똑같고 거기에 써클렌즈까지 몇몇은 아예 쌍둥이인가라는 생각이 들게 할 정도란다. 여대생 4분의 1이 성형을 경험했고 80%가 성형을 원한다는 기사를 읽으며, 개성이 넘쳐나는 젊음에 주물로 찍어낸 듯한 몰개성의 외형은 슬픈 일이라는 생각이 들었다.

신입사원 모집 요강에 용모단정이란 어구가 사라지고 있다. '예쁘다는 것은 경쟁력이다'라는 광고 문구가 사회 문제로 번진 적도 있다. 외모가 전부가 아니다. 겉보다 속이 더 중요하다는 이야기의 설득력은 어디서 찾아올 것인가.

영화나 TV속이 아닌 신데렐라는 없다. 얼굴과 몸매만으로 하루아침에 신분 상승하여 훌쩍 뛰어넘는 일은 존재하지 않는다. 내가 코를 조금 높이면, 눈과 턱을 고치면, 다른 사람으로 다시 태어날 수 있다는 환상을 깨지 못하는 여성들. 인격을 함양하고 실력을 갖추는 기본 덕목을 제쳐두고 오로지 외모만으로 승부를 거는 젊은이들. 그러나 미모가 인생을 좌우한다, 모든 것을 거머쥘 수 있다 생각하는 여대생이 70%나 된다니 놀라지 않을 수 없다.

텔레비전 속에는 예쁜 여자들만 나온다. 토크쇼나 개그 프로그램에선 외모의 품평과 개그를 일삼는다. 실력보다는 외모로 여성을 판단한다. 외형적 가치를 더 중요시하는 우리 사회풍조와, 영상매체가 시청자와 관객의 대리만족을 위해 만들어낸 허상이라 하겠다.

지난 주 미사시간 주임신부님의 강론이다.

종부성사를 하는데 고인의 시신이 눈을 뜨고 있었다. 눈을 아래로 계속 쓸어내려도 눈은 감겨지지 않았다고 하였다. 70대 여신도는 50대로 밖에 보이지 않는 성형 중독자였다. 성직자지만 순간 무서운 생각이 들더란다.

"여러분 나를 무섭게 하는 주름살 수술하지 마세요."

노신부님의 조크에 성당 안은 웃음바다가 되었다.

얼굴의 어원은 '얼의 꼴'이다. 얼굴에 영혼의 모습이 비친다는 말이다. 내면의 성숙이 얼굴에 드러나 아름다움의 빛을 발한다면 그것처럼 보기 좋은 인상은 없을 것이다.

아름다운 중년

여자 나이는 미묘하게 다가온다

나이와 함께 지름길로 오는 주름살, 균형을 잃어가는 몸은 옷으로도 감출 수 없어 속수무책이다. 남자들도 예외는 아니다. 더러는 사회적 지위와 경륜으로 나이를 근사하게 만들기도 한다.

여자는 언제 나이를 느낄까? 남자는 몸으로 나이를 느끼지만 여자는 가슴으로 나이가 찾아온다. 평소에 관심조차 두지 않던 판소리와 대금소리가 하루 종일 귓가에 걸린다. 고전음악 팝송도 아닌 트로트 음률이 가슴으로 안겨온다. 나는 어디에 있는가. 가슴은 빈 항아리 울림이 들리는 중년, 문득 문득 바람이고 싶다.

오랫동안 긴 머리를 고집했다. 관리하기 편하다는 이유도 있었지만, 솔직히 고백하면 처녀시절 퍼머를 하지 않은 긴 머리에 반한 남자가 있었다. 인연의 꼬리가 되어 평생 반려자가 되었다.

여고시절의 단발머리에 대한 반발이었을까. 대학 때부터 기르기 시작한 머리는 이십 년이 훌쩍 넘었다. 미혼모 같다, 개성이 없다라는 말을 들으면서도 생머리를 고집했다. 불혹을 넘긴 어느 날부터 머릿결은 약해지고 탄력이 없어져 초라해졌다.

머리를 자르겠노라 남편에게 비장(?)하게 선고를 하고 숏커트 퍼머를 하고 집으로 돌아왔다. 그 날 밤, 퇴근을 한 남편은 집 안의 불이란 불은 모두 밝히고 큰 액자 거울부터 손거울까지 모두 내 앞으로 가져다 놓는다.

"내 마누라가 아니야."

배신한 애인 보듯 돌아서는 남편의 등이 태산 같다.

'우리 엄마가 아닌 것 같아요!' 외마디 소리를 내는 막내아들, 나조차 거울 속의 낯선 여인에게 화들짝 놀란다.

헤어스타일을 바꾸고 나니 늘 입던 면 티셔츠와 청바지가
어울리지 않았다. 남의 옷을 걸친 듯 어색하기만 하다. 화려
한 색상의 정장이 옷장을 채우기 시작했다.

살아감은 늙어가는 것이다. 나이와 함께 지혜가 자라고 연
륜과 함께 깨달음은 깊어간다. 눈가의 주름은 자리를 잡았고
속으로는 새치라고 우기고 싶지만 머리는 염색해야 할 즈음
에 이르렀다. 나이를 먹는다는 것은 흔들리지 않고 내면에
감추어져 있던 생각이 비로소 열려 눈을 뜨는 것이다.

젊음은 마음먹기에 달려 있다. 중년이 아름다우려면 젊음
을 부러워마라. 나이는 숫자일 뿐 감성나이가 더 중요하다는
등 나이듦을 합리화하는 말들이 쏟아지고 있다. 건강함에 감
사하며 즐겁게 사는 것이 곧 젊음이다. 힘들고 바쁘게 달려온
삶을 여유 있게 가슴으로 끌어안자.

중년은 하루아침에 만들어지는 것이 아니다. 깊은 내면의
모습으로 건강한 영혼이 들어있는 육체는 아름다운 빛을 발
한다. 나이에 맞게 늙어가고 어울리게 살아가련다. '나이는

고독의 신장身長이며 그 연륜이다'라 했다.

이웃한 사람들과 나를 둘러싼 가족과 사물의 존재에 소중한 의미를 부여하련다. 이제, 당당하고 주체적인 내 몫의 삶을 살며 아름다운 중년을 만들어 가리라.

엑셀을 밟지 않아도 충실하게 굴러가는 삶, 진정한 인생으로 가는 출발점이리라.

우리 동네

집을 나서 오 분쯤 걸으면 맑고 푸른 강이 넘실거린다.
원시림을 닮은 강숲 마을. 왼쪽으로 팔당대교가 아스라이
보이고, 해가 지면 강 건너 미사리의 불빛이 곱다.

서울에서 한강을 거슬러 올라오면 구리를 지나 덕소에 이
르러 팔당이다. 상류로 더 오르면 남한강과 북한강이 만나는
남양주 끝 마을 '두물머리'다. 지하철 중앙선 덕소와 팔당역
사이에 위치한 남양주시 와부의 18세기 화가 겸재는 두물머
리에서 시작하여 행주나루까지의 아름다운 모습을 많은 산수
화로 남겼다. 필경 아름다운 고장임에 틀림없다. 사방을 둘

러봐도 물이요 산이다. 거실에서 정면으로 바라보이는 크고 우뚝한 문필봉 예봉산, 강을 좋아하지만 산이 바라다 보이는 집을 택했다.

유월 긴 하루, 홀아비새와 뻐꾸기가 아름다운 화음으로 노래한다. 여름날 소나기라도 내리면 산마루에 걸린 시룻번 같은 새하얀 구름은 비경祕境이다.

강촌의 가을은 두어 걸음 앞서온다. 치장할 줄 모르는 개망초가 시들어가는 구월이면 갈대가 무리지어 피어난다. 태풍으로 아름드리나무가 넘어져도 매서운 강바람에 스러질 듯 다시 일어서는 갈대다. 겨울이 가고 다시 봄이 찾아오면 물레로 잣은 은빛 날개옷을 바람에 나폴나폴 떠나보낸다. 초췌하게 야윈 갈대는 깊은 속울음을 토해낸다.

눈이 무섭게 퍼부은 겨울날, 우리 집 거실 창엔 한 폭의 진경산수화가 걸린다. 무채색 은유가 깃들인 한 편의 서정시다. 설무雪霧에 잠긴 예봉산을 흠모하며 외출도 마다한 채, 창밖에 이는 바람 한 점에 감사하며 목탈심상目脫心賞차를 마신다. 이따금 산과 들을 헤치며 기차가 지나간다.

별 하나 보이지 않는 잿빛 하늘, 욕망과 상처를 부추기는 도시를 떠나왔다. 아는 이 하나 없는 동네다. 그냥 강이 좋아 이사를 결심했다고나 할까. 행인지 불행인지 살아오며 이사를 여러 번 하지 않았다. 결혼 후, 첫 둥지를 튼 서울 양천구에서, 부모님과 함께한 고향보다 더 오래 살았다. 집 앞에 있는 구멍가게도 슬리퍼를 끌거나 화장기 없는 얼굴로 나다니지 않던 사람이다. 가벼운 운동복에 모자를 눌러쓰고 자유로운 영혼으로 강과 들을 헤매고 있다. 해가 지면 아름다운 별자리를 이야기한다. 사계절 경이롭게 변하는 자연 앞에 욕망과 욕심을 모두 내려놓는다.

노을빛 강과 고운 들꽃들은 유정하다. 사계절의 변화에 감탄하며 혼자 대화를 하곤 한다. 사유는 깊어지지만 마음은 되려 외롭다. 내리는 비에 뭉턱뭉턱 잎새를 떨며 겨울나기 하고 있는 버드나무 앞에서, 생을 다하고 떠나는 본연 앞에 속절없이 눈물겹다.

'하느님도 가끔은 외로워 눈물을 흘리시고 산 그림자도 외로워 하루 한 번씩 마을로 내려온다'고 어느 시인은 말했다. 자박자박 내리는 겨울비 소리를 들으며 오늘도 행복한 외로움의 조각을 기우며 강가를 휘적휘적 걷는다.

마지막 어른

전통적인 유교 집안인 시댁은 5대 봉사奉祀를 한다.

어떤 제물이든 다섯 제기씩 상에 오른다. 밤, 대추 과일은 물론 전, 포 등 나물이 열다섯 접시가 올라가는 젯상은 늘 초만원이다.

부엌과 거실은 제수용 나물과 과일로 어지럽다. 엄마를 찾아 아장아장 걷던 돌배기 아들이 봉지를 빠져나온 사과 한 알을 덥석 깨물었다. 아이를 안아 올렸지만 큰 울음소리가 집안을 흔든다. '우이 할꼬' 형님의 목소리가 등 뒤에서 더욱 크게 들리고 있다. 삼십여 년 전, 그리 넉넉하지 않던 큰댁

차례에는 사과와 배가 한 박스가 필요했다. 시렁 위에 올려진 아이가 베어 문 사과를 손가락으로 문질러본다. 하얀 속살이 보인다.

차례가 끝나고 시아버님께 조심스럽게 말을 올렸다.

"크고 굵은 과일로 제물을 쓰면 자손이 번창하고 잘된다는 속설을 듣습니다. 가정의례법이 실시되고 있는 이즈음, 두 개의 교자상도 모자라는 것은 허세이며 겉치레가 아닌지요. 아버님, 탕과 밥을 다섯 그릇씩 올리고 제물은 한 가지로 통일을 하면 어떻겠습니까."

시집온 지 두 해 남짓한 막내며느리의 하룻강아지 개혁안(?)이었다. 전통과 관습도 중요하지만 시대와 형편에 맞추자는 것이다. 내 말을 끝까지 들으신 시아버님은 빙긋이 웃으시더니 말씀을 하셨다.

"제사는 자손의 정성이다. 과일의 크고 작은 것은 조상의 은덕을 기리는 일과 아무런 상관이 없구나. 관습과 전통은 생활이다."

조선조 중종 때 세워진 소수서원(백운동서원) 원장을 지낸 할아버지를 둔 시아버님은 효와 법도가 엄한 어른이다. 아버지를 여의고 아흔여섯 장수하신 노모를 극진히 모셨다. 서화를 사랑하고 흰옷을 좋아하는 속정 깊은 분이다. 처음 뵙던 날을 기억한다. 본디 달필인 시아버님은 소학과 대학, 논어 등 손수 쓰신 글로 벽부터 천장까지 도배를 한 채 기거하고 계셨다.

"좋은 말씀을 쉬 잊을까 봐….."

새며느리 앞에 멋쩍은 듯 말씀하셨다. 평생 흙과 함께 사신 농부지만 지금껏 머리맡에 문방사우가 가지런히 놓여있다. 아흔여섯에 돌아가신 시할머니께 출필고반필면出必告反必面하며 큰절을 올리는 효자였다.

설과 추석에는 하루 세 번의 차례를 지낸다. 삼십여 명이 넘는 제주와 며느리들이 집집으로 몰려다니며 이십년 넘게 해온 명절행사다. 9대 독자였던 시할아버지 슬하 숙부님들 모두 떠나고 시아버님만 남았다. 7촌이 전부이지만 5대가 모인 가족 나들이다. 큰댁에서 차례를 지내고 숙부댁으로 옮기면 점심나절이다. 설 아침 차례는 떡국 제사라 둘쩻집은 언제나 메(밥)다. 재미있는 것은 마지막 셋째 집의 혼백은 명절날 아침과 점심을 꼬박 굶고 저녁 차례를 잡숫는다. 둘째 숙부 장남이 지방 발령으로 분가했기 망정이지 명절날 네 번의 제사는 말 그대로 차례 전쟁이다.

아버님은 끔찍이 아꼈던 동생들과 일찍 세상 버린 당신 둘째며느리의 기제사는 물론 명절 차례까지 한 번도 빠뜨리지 않고 참석하신다. 설날이면 두 그릇의 떡국을 드셔야하는 우리 시대의 마지막 어른이다.

중시조인 '해미공' 묘소 가토加土 때의 일이다. 서울과 전국에 흩어져 있는 자손들 모두 하향하라는 시아버님의 엄명이 있었다. 식목일 연휴를 반납하고 젖먹이 조카까지 안고 업고 모두 내려갔다. 선비의 고장이라 일컫는 본가 근처 산 중턱에 자리 잡은 중시조 묘소는 검고 곧은 비석과 상석들로 공원처럼 말끔히 정리되어 있다. 소풍이라도 온 듯 아이들은 뛰어놀고 진달래가 곱게 피어 있는 봄동산에서 시제가 시작되었다. 갑자기 어른의 음성이 들렸다.

"간장이 빠졌구나. 간장을 가져오너라."

아뿔싸! 산소에 간장을 챙겨오지 못한 것이다. 금방이라도

떨어질 불호령에 며느리들의 얼굴이 하얗게 질렸다. 그때였
다.

"예, 갑니다."

큰 목소리로 대답을 한 사람은 남편이다.

이윽고 '유세차…' 시아버님의 크고 낭랑한 음성이 봄 동산
에 울려 퍼지고, 산새도 지저귀기를 멈춘 듯, 제주들의 도포
자락 스치는 소리만 들리고 있다.

콜라를 간장이라고 거품을 후후 불며 달려가던 남편은 귀
신을 속인 것이었다.

술은 약이다

말복 무렵이 되면 큰댁에 기거하는 시아버님을 모셔온다.
보양식과 술대접 등 남편의 정성은 지극하다. 해마다 마지막
이 아닌가 싶어 며느리가 아닌 딸의 마음으로 봉양하고 있다.
부자간에 밤늦도록 이야기꽃이 핀다.

"아버지 '소크라테스'를 아십니까?"

남편의 질문이다.

"나는 평생 한학을 했다만, 철학하는 사람 아니냐."

"그의 부인 '크산티페'도 알고 계셔요?"

"내자까지는 모른다."

"소크라테스가 이름난 철학가가 된 것은 그 부인이 악처였기 때문이래요. 아버지 막내며느리가 글을 지어 문학상을 탔어요. 제가 술 잘 먹고 술질(?)을 하여 그 이야기를 썼대요. 제가 악부라나요. 하하하 흐흐흐."

시아버지와 남편의 웃음소리가 커가는 짧은 여름밤이다.

사람과 고락을 함께 한 술이다. 철학자 아나카르시스는 '술한 잔은 건강을 위해, 두 잔은 즐거움을 위해, 석 잔은 방종을 위해, 넉 잔은 광란을 위해'라고 썼다.

술을 어떻게 마셔야 하는지를 가늠케 하는 글이다. 술 속에는 과연 낙원이 있을까. 술과 문학의 동반관계는 동서고금을 가리지 않는다. 우리 시대의 문인들은 위반과 광기 속에서 시를 퍼 올렸다. 비탄과 울분의 삶을 달려오며 '이 땅은 나로 하여금 술을 마시게 한다'라고 외쳤다. 그것은 술이 가져다주는 일시적인 일탈과 해방이다. '위고'는 '신은 물을, 인간은 포도주를 만들었다'고 예찬했다. 또 '이백'은 '석 잔이면 도를 깨닫고 한 말이면 자연과 합치된다'고 하였다. 그러나 '술은 번뇌의 아버지요, 입술과 술잔 사이에는 악마가 끼어 있다.'

고도 하였다.

우리의 음주문화는 취할 때까지 마신다. 과거 신임장관 프로필에 '斗酒不辭두주불사'가 자랑처럼 등장하고 있다. 마시는 방법도 2차는 기본이고 3차는 필수 4차는 선택이란 말을 그냥 웃어넘길 수 없는 현실이다.

새벽 1 시, 회식이 끝난 후 택시를 타려고 거리로 나왔다. 길가에 내놓은 폐기물 소파에 잠시 앉은 것까지는 기억했다고 하였다.

'젊은 사람이 쯔쯔쯔' 이른 아침 산책을 나오던 노인의 혀 차는 소리가 꿈결처럼 들렸다. 깜짝 놀라 일어나니, 양복 벗어 전봇대에 걸어놓고 벗은 구두 옆에 안경과 휴대폰이 가지런히 놓여있다. 술과 잠을 이기지 못한 남편이 노숙을 한 것이었다. 별은 지붕이고 땅은 드넓은 집이었다. 젊은 날의 남편 모습이다.

세계보건기구 통계에 의하면 우리나라의 성인 1인당 술 소비가 슬로바키아에 이어 세계 2위라 한다. 매일 소주 두 병 반씩 마셔야 하는 양이다. 다섯 중 한 사람은 치료가 필요한 알콜 중독이다. 요즈음 신학기 대학가에는 올바른 주도酒道를 가르치는 '술 강좌'가 등장해 인기를 끌고 있다. 그러나 폭음 대국이라는 오명과 함께 사회 건강은 병들어 가고 있다.

솔직한 성격과는 다르게 술에 관한 심한 내숭이 있다. 모두 술은 입에 대지도 못하는 사람으로 알고 있다. 가끔씩 생기는 회식의 술자리조차 아예 도망치듯 하기 때문이다.

나 홀로 술과 벗한 지 이십여 년. 술은 입을 경쾌하게 한다. 또 마음을 털어놓게 만든다. 솔직함을 운반하는 물질이다. 밤새 쓴 원고 앞에 가슴을 덥히고 싶은 날, 집을 떠난 낯선 여행길, 한 잔의 술은 따뜻한 명약이며 행복에 이르는 물이다. 피할 수 없는 회식자리에서 누군가 술을 권하면 거절하는 방편으로 '저는 한밤중에 술을 마십니다'라고 대답한다. '다음 약속은 자정을 넘기고 정합시다.' 모두 짓궂게 수작한다. 그러나 한 잔의 술로 홍당무가 되고 꿈나라로 떠나는 나를 어떻게 설명해야 할지 모르겠다.

술을 습관적으로 마시고 있다. 아니 불면을 즐기고 있다. 고마운 것은 그 술이 배가 되지 않고 있는 것이다. 양주 한 잔, 그것이 와인이든 맥주든 모두 한 잔이다.

살아가며 마음에 크고 작은 상처를 받은 날, 이유 없이 감정의 폭이 커질 때, 잠을 청하여 마신 술은 두어 시간 만에 화들짝 깨어버린다. 단잠은 야속하게 꼬리를 내린다. 그러나 취중 혼란은 매몰되어 있던 나를 솟아오르게 한다. 밤새 원고지를 끌어안고 불면과 어깨동무를 한다. 또한 교만한 내 영혼을 겸손하게 만들어 준다.

십여 년 전의 일이다. 신 새벽에 깨어버린 잠이 아쉬워 밝아오는 여명을 안주 삼아 포도주를 두 잔이나 마셨나 보다. 아픈 배를 끌어안고 밤새 들락날락.

'주량이 얼마나 되냐고 물으면 이렇게 대답해야 할 것 같다.

"딱 반 잔올시다."

시조를 찾아서

구순을 넘긴 시아버님에게 한 가지 소원이 있었다.

일가를 이끌고 경남 의령 땅에 있는 시조 묘를 찾아가는 것이다.

봄이라지만 새벽 공기는 쌀쌀하다. 바쁜 일과 속에서 모처럼 맞는 국경일 하루를 온통 관광버스에서 지낼 생각을 하니 오금이 저렸다. 그러나 내색조차 못하고 버스에 올랐다. 시아버님 슬하 시숙, 시동생, 시누이, 조카들 모두 먼저 와 있었다. 타성바지라곤 옹기종기 앉아있는 며느리들 뿐이다.

어른이 드문 시대, 격동의 세월을 살며 역사 앞에 상처 없는 어른이 어디 있으랴만 한 세기를 묵묵히 꿋꿋이 사신 시아버님이시다. 시조로부터 29대손인 아버님에 이어 32대 증손자까지 4대가 모인 화기애애한 자리였다. 연둣빛 아름다운 사월 아버님의 소망이 이루어지고 있었다.

솜씨 좋은 시누이가 마련한 음식을 나누어 먹으며 고속도로로 들어섰다. 개나리와 목련이 흐드러진 마을을 지나고 있을 때 사촌 시동생이 두툼한 족보를 들고 설명을 한다.

지금껏 조상을 중국 성씨로 알고 있었다. 그러나 최근 밝혀진 사실에 의하면 의자왕의 후손설이다. 의자왕은 의자義慈라는 그의 이름처럼 의롭고 자애로운 왕자로 효성 깊고 우애 깊어 '해동 증자'로 불리었다. 또 탁월한 외교와 치적을 잘한 왕이었다. 말년의 실수로 백제가 망하고 의자왕과 그의 아들 '풍창'은 일본으로 유배를 떠난다. 의자왕은 죽고 아들 풍창은 다시 중국으로 들어가 뿌리를 내리고 벼슬을 하였다. 송나라의 간이대부였던 그의 자손 선재善才는 고려말 사신으로 왔다가 귀화를 했다. 모천의 연어처럼 500여 년 만에 다시 고국으로 돌아온 것이었다. 황제에게 직언을 잘해 미움을 사던 올곧은 신하였던 시조(선제)에게 고려 임금은 의령땅을 식읍지로 내렸다는 내용이었다.

모 일간지에서 조사한 우리나라 백대 성姓 인구센서스가 있다. 시댁의 성씨는 의령宜寧 여余씨로, 백대 성씨 안에도 못 끼는 전국 일만사백여 명이 전부인 희귀성이다. 결혼 생활 삼십 년 동안 일가친척 말고는 종씨를 본 적이 없다.

꼬박 다섯 시간을 차로 달려간 경남 의령땅의 시조묘는 진주 남강이 시원스럽게 내려다보이는 왕릉 부럽지 않은 명당 중 명당이었다. 재벌의 상징인 S그룹 총수 묘부터 우리나라 5대 기업의 총수들의 묘가 이곳 주위에 모여 있는 풍수 좋은 곳이었다. 그러나 1대부터 8대까지 모신 의령 여씨 종산은 발 디디고 선 손바닥만한 땅뿐, 산 전체가 남의 종산이 되었다고, 시숙님이 목이 메어 말을 잇지 못한다.

임진왜란의 역사 유적지인 정암鼎岩나루에 있는 시조 '선재'의 송덕비에 엎드려 절을 했다. 낮은 담장으로 둘러싸여 고적하게 서 있는 공덕비 앞에서 역사 속으로 사라진 태평연

월의 무상함을 그려본다.

　시제가 시작되었다. 도포자락을 휘날리며 '유세~ 차' 초혼을 외치는 아흔둘 시아버님 음성이 도도히 흐르는 강물처럼 모두의 가슴에 흐르고 있었다.

은행잎

가을은 마음 공부하기 좋은 계절이다.

은행잎이 흩날리면 떠오르는 아버지의 얼굴, 검고 까칠한 아버지의 모습이다. 가을이면 거리 곳곳에서 아버지를 만난다. 곱게 물들어 뚝뚝 떨어져 발목을 덮는 노오란 은행잎 앞에서, 길섶의 이름 모를 들꽃에서 아버지를 그린다.

돌아가시기 한 해 전, 문득 아버지가 보고 싶어 집을 나섰다. 곱게 물든 은행잎이 보도 위를 덮고 있었다. 차에서 내린 나는 은행잎을 밟으며 행복하게 걸었다. 늘 대문이 열려 있는 친정집이다. 아버진 정원의 꽃을 만지고 계셨다.

"가을이 왜 이렇게 좋은지 모르겠어요. 어릴 적 마음이 지천명을 넘어도 변하질 않아요."

차에서 내려 가을길을 걸어왔다는 수다로 인사를 대신했다.

"나는 가을이 싫다. 떨어지는 나뭇잎이 늙고 병든 내 모습 같아서…."

병든 목련 나뭇가지를 잘라내는 아버지의 낮은 음성이다.

"아유, 나이만 먹었지 마음은 아직도 자라지 못한 중학생이야. 나는 언제 철이 날지 모르겠어…."

아버지 얼굴을 쳐다보며 내가 얼버무렸다.

"애야, 늙은 애비 마음도 아직은 열일곱이다."

푸하하하! 칠순의 아버지와 딸은 마주보며 한참을 그렇게 웃었다.

떨어지는 잎을 바라본다. 화려한 금빛 의상을 온몸에 걸치고 뚝뚝 떨어지는 은행잎, 아버진 고운 잎을 다시 못 보고 그 해 떠나셨다.

아버지 기일이다. 제문을 쓰지 않고 하늘나라 아버지께 편지글을 올린다. 일 년 동안 있었던 좋은 일, 궂은 일 등을 모두 아버지께 고한다. 아버지 떠나고 삼 년 내내 제상 앞에서 울먹이며 편지를 낭독하는 나에게 어린 조카가 말을 한다.

"고모 오늘 또 울 거야?

떼를 지어 나는 새들도 저녁이면 깃을 찾아든다. 그러나 아침이면 각자 날아간다. 무상하다. 장생불사의 영원을 노래하는 인간이 아닌, 채우면 비우고 또 채우는 자연의 섭리다.

은행잎에 발을 묻는다. 아버지가 보고 싶다. 진정으로 보고 싶다. 기어이 눈물 한 방울을 낙엽 위로 쏟아낸다.

보라 1

사랑에 미쳐보지 않은 이는 볼 수 없는 신비를 녹인 색 보라.

보라는 발칙하다. 또 관능적이어서 심장을 반응시킨다. 질투 앞에 차마 표현하지 못한 또 다른 이름이다. 강한 빛보다 낮은 조도 아래 더욱 빛을 발하는 환상의 색 보라.

옷장을 열면 행복하다. 값 비싼 옷이 들어있어서가 아니다. 그 속에는 보라가 출렁인다. 연보라, 청보라, 즐겨 입는 보랏빛 옷이 들어있다. 보라를 좋아하기 시작한 것은 초등학

교쯤으로 기억한다. 그림에 취미가 있던 나는 크레파스를 열고 들여다보길 좋아했다. 많은 색깔 중 유난히 보라가 좋았다. 그러나 어떤 그림을 그려도 선뜻 칠하기 어려운 보라색. 다른 빛깔의 크레파스는 새끼손가락 한 마디쯤 닳아 있어도 유독 키가 껑충 큰 보라 크레파스, 그 모습처럼 고독한 빛깔이다.

얼마 전 보라가 세상을 흔들었다. 백화점과 거리, 동네 시장에조차 보라가 물결쳤다. 유행의 찬란함을 바라보며 행복했음을 고백한다. 예전엔 보라색 생활용품이 귀했다. 보라색 옷은 더욱 찾기 어려웠다. 어쩌다 외국 잡지에서 보라를 만나면 가슴이 뛰었다. 꿈을 꾸는 듯한 연보라, 심연으로 풍덩 나를 던져버리고픈 청보라, 보라는 내 감성의 촉매제였다.

언제부터인지 스멀스멀 보랏빛이 내 집을 점령하기 시작했다. 침구는 물론 식탁보와 방석, 남편의 와이셔츠와 넥타이, 아들의 티셔츠는 물론 애완견 옷까지 온 집안이 보라 천국이다.

수년 전 대중교통에 보라 시내버스가 등장했다. 몇몇 사람들이 참신하고 전위적인 색상이라고 입을 모았다. 그러나 얼마 후 버스는 슬그머니 사라졌다. 생활 속에서 늘 만나고 부 딪쳐야 하는 시내버스, 세련된 보랏빛 버스가 삭막한 이 도시 를 아름답게 장식하기에는 고독이 너무 짙었던 건 아닐까?

중년에 보라를 좋아하면 우울증이라는 전문가의 말이다. 그러나 글을 쓰는 이에게 우울은 필요충분조건이 아닐까. 하 루에 한 번 우울하지 않는 사람은 어리석은 사람이라는 영국 속담이 말해주듯 플라톤, 소크라테스, 헤라클레이토스. 그들 은 모두 우울증 환자였다.

삶이 고단하거나 어려울 때면 외출을 거부하고 칩거한다. 열정 많은 사람이 방황과 고뇌가 크다 했던가. 몸과 마음은 지독한 열병을 앓는다. 표현키 어려운 아픔의 터널에서 알 수 없는 고통이 흘러내린다. 입술과 코가 짓무르고 체중이 감소한다.

열병은 내게 기도다. 무시로 충돌하는 내 정신적인 편력을 반듯이 일으켜 세우는 신앙이며 내 삶의 일부다. 길고도 짧은 열병을 치르고 생활 속으로 나는 다시 성큼성큼 걸어 들어간 다.

출근을 앞둔 아들의 양복을 사기 위해 백화점에 갔다. 양복과 코트를 사고 보랏빛 무늬가 있는 넥타이를 골라 매주었다. 키가 훌쩍 큰 모습이 너무 멋져 아들의 팔짱을 끼며 물었다.

"오늘 엄마랑 저녁 식사 데이트 할까?"

보랏빛 성장을 한 엄마의 모습을 바라보며 아들은 조용히 말을 한다.

"저는 보라보다 그냥 엄마가 좋아요."

보라 2

　모란시장을 갔다. 재래시장은 언제 들러도 사람냄새가 나고 활기차다. 시끌벅적한 울릉도 호박엿장수 옆을 지나 장바닥의 바구니에 담긴 착한 눈빛의 강아지와 눈을 맞추어본다. 차를 끓일 오미자를 샀다. 그 옆으로 고구마처럼 생긴 감자와 비슷하기도 한 하수오도 보인다. 펄펄 끓어오르는 가마솥의 순댓국, 때 절은 앞치마의 여주인을 보며 삶의 활력을 느낀다.

　난전 끝에 커튼을 파는 집이 보인다. 가지각색의 빛깔들이 줄줄이 진열되어 있다. 순간 내 발걸음을 멈추는 것은, 연보

랏빛 레이스커튼이었다. 누가 볼세라 흥정도 없이 사들고 급
히 집으로 왔다. 값이 헐해 순간 횡재를 한 기분도 들었지만,
집에 돌아오니 커튼을 달지 않은 창문이 없다. 또 낭비를 했
구나 생각하며 다락 깊숙이 넣어두었다.

올 가을 이사를 하고 집 정리를 하는데 문득, 보라 커튼
생각이 났다. 꺼내어보니 은은한 연보라 빛깔이 여간 곱지가
않다. 세탁을 하고 안방 창문에 달았다. 조금 작은 듯 했지만
회심의 미소를 지으며 만족해 했다.

모 여성문학 모임에서 문학기행을 떠났다. 깊어가는 가을,
길가에 피어있는 보랏빛 구절초에 탄성의 합창을 보내며 버
스는 달린다. 메인 행사로 시낭송이 있었다. 준비한 수필 〈보
라〉를 낭독하였다. 가관(?)인 것이 보라 베레모에 보랏빛 재
킷을 걸치고 보라 원고를 읽었다.

늘 재치 있고 재미있는 사회자 N선생이다.

"자신의 몸에 보라색을 착용하고 계신 분들은 모두 나오십
시오."

모두 보라색을 좋아하고 있었을까? 아님 수북이 쌓여있는

상품에 눈에 어두웠는지 참가인원 반수 이상이 무대 위로 뛰어 나왔다. 보라색 코트, 바지, 스카프… 이때 검은 옷을 입은 후배가 나왔다. 모두들 들어가라고 아우성이다. 황급히 운동화를 벗은 그녀의 발에는 보랏빛 양말이 신겨져 있다. 장난삼아 시작한 행사가 커져버렸다. 이윽고 사회자가 순위 발표를 시작했다.

일등은 청보라 팬티를 입은 Y선배였다. 선배는 보랏빛 속옷을 만천하에 보여주었음은 물론이다.

거실 벽에 걸려있는 목련을 바라본다. 화가이며 문인이신 S선생님의 문인화다. 보랏빛 목련을 보고 있으면 마음까지 차분해지는 것은 무슨 연유인지 모르겠다.

감이 익을 무렵이면 나는 보라색 마니아가 된다. 차렵이불이 가장 먼저 보랏빛으로 바뀐다. 거실소파의 방석도 같은 색으로 변한다. 절반의 옷이 보라니 구두는 물론 액세서리까지 모두 같은 계통이다. 지천명 중반을 넘고 있는 이즈음 나 잇값을 못하고 사는 것은 아닐까 하는 생각을 문득 해본다.

작년 가을 아들을 결혼시켰다. 아직도 아들 방 앞에 서면 마음 아린 것이 빈자리가 크다. 큰아들의 방을 서가로 만들어 주겠다고 남편은 아침부터 법석이다. 벽돌을 사오고 너른 송판도 여러 개 사왔다. 방문을 꼭 닫고 점심나절이 되어도 나오질 않는다. 밥을 차려 놓고 남편을 불렀지만 대답이 없다. 방문을 여니, 땀을 흘리며 시커매진 손으로 송판 칠을 하던 남편이 소리 없이 웃으며 말을 한다.

"이거 천연 페인트인데, 보라색이다."

행복 연습

아침 일찍 일어나 가장 먼저 거울을 본다. 맨 처음 만나는 여인에게 고운 미소를 보낸다. 누가 나에게 이토록 진정한 웃음을 지어 줄 수 있겠는가.

행복에 관련된 책이 베스트셀러에 오를 정도로 현대인들은 그것을 갈구한다. 행복은 이제 우리 사회의 가장 강력한 판타지다. 서울 시민의 행복도가 세계 대도시 중 꼴찌라고 한다. 행복한 삶을 위하여 우리는 끊임없이 노력한다. 사람들은 행복의 조건으로 건강, 돈, 인간관계를 꼽는다. 이것을 모두 갖추기도 어렵지만 다 갖춰도 행복하지 않을 수 있다. 그것은 행복의 조건이지 그 자체가 아니기 때문이다. 자신이 불행하다고 생각하고 있다면, 가진 것이 적어서가 아니라 따뜻한 가슴을 잃어가기 때문이 아닐까.

애꾸눈 임금이 있었다. 화가들에게 초상화를 그리게 했다. 정직한 화가는 애꾸눈을 사실대로 그렸고, 또 다른 화가들은 두 눈을 성하게 거짓 그림을 그렸다. 임금은 어떤 그림을 봐도 불같이 화를 냈다. 어느 날 임금을 찾아온 사람이 있었다. 얼굴을 유심히 바라보던 그는 성한 쪽 눈의 옆모습을 그려주었다. 임금은 크게 기뻐하며 치하했다.

행복과 불행은 늘 한 장소에서 살고 있다. 세상의 모든 사물과 현상은 고정된 모습이 아니라 보는 각도에 따라 다르다.

행복은 운명이 아닌 습관이다. 행복했던 경험을 기억하자. 아름답고 즐거웠던 장면들을 내 몸이 익숙해질 때까지 그 기억 속의 상으로 만드는 연습을 한다. 행복한 감정을 자주 느껴본 사람은 그렇지 않은 사람보다 더 빨리 느낄 수 있다. 인간의 뇌를 살펴보면 즐겁고 기쁠 때는 왼쪽뇌가 반응하고 부정적인 감정에는 오른쪽 뇌가 움직인다. 사랑하는 사람을 생각하면 왼쪽의 뇌신경세포가, 고액의 세금용지가 날아들면 오른쪽 뇌세포가 활발하게 증폭한다. 사랑을 속삭일 때 혹은 고백할 때 왼쪽 귀에 대고 하라는 말도 있지 않은가? 모든 일에 긍정적이지 못하고 부정적인 사람은 오른쪽 뇌가 더 발달한 사람으로 우울증에 걸리기 쉽고 행복하지 못한 사람이라 말할 수 있다.

행복했던 날들을 추억하자. 왼쪽 뇌세포의 최상의 컨디션을 유지할 수 있도록 노력하자. 사는 것이 뭐 별건가? 향기로운 차 한 잔에 행복을 느낄 수 있다. 산길에 무심히 핀 한 송이 제비꽃 앞에서도 행복할 수 있다. 옛사람들은 하루 종일 지친 농사일에도 자식들 밥 먹는 숟가락을 바라보고 있으면 흐뭇하다고 말했다. 지루한 일상이라면 뒷동산 정상에 올라 뜨거운 땀을 흘려보자. 절로 행복감이 찾아온다. 행복은 작은 것, 순간적으로 스쳐가는 소소한 것, 조용히 얼굴을 숨기고 있다.

삶이 조금 슬프고 고통스럽더라도 좋은 기억을 떠올리며 추억하자. 행복을 연습하는 사람만이 행복할 수 있다는 행복 공식이다. 행복해서 노래하는 것이 아니라 노래를 하니까 행복해지는 것처럼 말이다.

행복, 연습하기 나름이다.